Kai Meyer

Sieben Siegel

Die Katakomben des Damiano

Mit Illustrationen von
Wahed Khakdan

OMNIBUS
ist der Taschenbuchverlag für Kinder
in der Verlagsgruppe Random House
GmbH

FSC
Mix
Produktgruppe aus vorbildlich
bewirtschafteten Wäldern und
anderen kontrollierten Herkünften

Zert.-Nr. SGS-COC-1940
www.fsc.org
© 1996 Forest Stewardship Council

Verlagsgruppe Random House FSC-DEU-0100
Das für dieses Buch verwendete FSC-zertifizierte
Papier *Munken Print* liefert
Arctic Paper Munkedals AB, Schweden.

1. Auflage
Erstmals als OMNIBUS Taschenbuch März 2007
Gesetzt nach den Regeln der Rechtschreibreform
© Text: 1999 by Kai Meyer
Copyright der deutschen Ausgabe © 1999
by Loewe Verlag GmbH, Bindlach
© Illustrationen: 1999 by Loewe Verlag
Alle Rechte dieser Ausgabe vorbehalten durch
OMNIBUS, München
Umschlagbild: Almud Kunert
Innenillustrationen: Wahed Khakdan
Umschlaggestaltung: Basic-Book-Design,
Karl Müller-Bussdorf
MI · Herstellung: CZ
Satz: Buch-Werkstatt GmbH, Bad Aibling
Druck und Bindung; GGP Media, Pößneck
ISBN: 978-3-570-21604-0
Printed in Germany

www.omnibus-verlag.de

Inhalt

Der erste Fehler	9
Vorzeichen	24
Der zweite Fehler	37
Die Schläfer erwachen	48
Der schlimmste Fehler	63
Gegen die Zeit	77
Doktor Richardsons Vermächtnis	88
Flucht durch den Park	100
Monstermusik	110

Der erste Fehler

»Verdammt dunkel hier unten!«

Chris erschrak über den Klang seiner eigenen Stimme. Die Wände des Klosterkellers warfen ein verzerrtes Echo zurück. Es hörte sich an, als hätte er in einen endlosen Abgrund hinabgerufen.

»Klingt irgendwie merkwürdig«, bemerkte Kyra. »Fast so, als wäre der Keller viel größer, als er aussieht.«

»Immerhin spricht das Echo nicht italienisch«, sagte Nils verdrossen.

Seine Schwester Lisa verzog das Gesicht. »Sag bloß, du bist immer noch eingeschnappt?«

»Du hast das Zeug ja nicht trinken müssen, das mir diese Kellnerin gebracht hat«, gab Nils mürrisch zurück.

»Und du hättest es gar nicht erst bestellen müssen.«

»Woher sollte ich denn wissen, dass – «

»Hey, Ruhe jetzt«, zischte Kyra den beiden zu. »Macht so weiter und mein Vater schmeißt uns noch alle raus.«

Nils strich mit der Hand missmutig über die feuchten Steinwände des Kellers. »Na, das wäre ja auch wahnsinnig schade.«

»Dann geh doch hoch«, schlug Chris vor.

»Oder sei endlich still«, setzte Kyra hinzu.

Nils schmollte stumm vor sich hin. Lisa hatte recht: Er war immer noch sauer wegen heute Morgen. Seit sie hier in Italien waren – in der Toskana, einem Landstrich im Norden des Landes –, passierten ihm ständig irgendwelche Missgeschicke. Wahrscheinlich war er der Einzige der vier Freunde, der den Aufenthalt hier nicht in vollen Zügen genoss. Wenngleich, das musste er sich stillschweigend eingestehen, der Urlaub hier immerhin angenehmer war, als die Ferien über daheim in Giebelstein herumzuhocken.

Heute Morgen, beim Frühstück im Dörfchen Saturnia, hatte Nils als Einziger Kaffee bestellt. Die anderen hatten heiße Schokolade oder Saft getrunken, aber nein, für Nils hatte es unbedingt Kaffee sein müssen. (Kyra war überzeugt, dass ihm Kaffee überhaupt nicht schmeckte und er nur die hübsche Kellnerin beeindrucken wollte. »Kaffee? Wie erwachsen!« Natürlich hatte die junge Italienerin das nicht wirklich gesagt, aber Nils hatte es sich zweifellos gewünscht.)

Doch statt einer normalen Tasse Kaffee, wie er sie von zu Hause kannte, hatte ihm die Kellnerin etwas gebracht, das so schwarz und bitter war, dass ihm todschlecht geworden war. Woher hatte er auch wissen sollen, dass die Italiener unter einem Kaffee in der Regel das verstanden, was daheim in Deutschland als

Espresso angeboten wurde? Um nicht als Dummkopf dazustehen, hatte er die Tasse leer getrunken – und litt seitdem an Bauchschmerzen, Übelkeit und schrecklichen Blähungen.

Vor allem Letztere hatten sich seit ihrer Rückkehr zur Klosterruine verschlimmert – und das machte nicht nur Nils, sondern auch den anderen zu schaffen.

»Hier stinkt's«, bemerkte Chris naserümpfend.

Lisa kicherte.

»Ich war's diesmal nicht«, ereiferte sich Nils.

»*Natürlich* nicht«, erwiderte Chris.

In der Tat breitete sich in dem engen Kellergang ein übler Geruch aus. Die vier Freunde saßen auf den unteren Stufen einer Treppe, die hinter ihnen hinauf ans Tageslicht führte. Vor ihnen lag der finstere Korridor, an dessen Ende unruhig das Licht einer Taschenlampe umherzuckte. Sie gehörte Kyras Vater, Professor Rabenson.

Kyra runzelte die Stirn. »Ich glaube, Nils hat recht. Der Gestank kommt von vorne.« Dabei deutete sie den langen Gang hinunter, tiefer in die Kellergewölbe.

Chris grinste. »Dann hat wohl dein Vater auch was von dem Zeug getrunken.«

Lisa knuffte ihn mit dem Ellbogen. Sie wussten beide, dass Kyra ziemlich empfindlich sein konnte, wenn man Witze über ihren Vater machte. Dabei war der Professor eine ideale Zielscheibe für den freundschaftlichen Spott der Kinder: übergewichtig, ein wenig zerstreut und ungemein gutmütig.

Wenn man Professor Rabenson so ansah, mochte man kaum glauben, dass er der Autor von mehr als einem Dutzend Bestsellern über fantastische Phänomene, versunkene Kulturen und okkulte Geheimwissenschaften war – was unter anderem daran lag, dass sein Autorenfoto auf den Buchumschlägen mindestens zwanzig Jahre alt war. Eine kleine Eitelkeit, die der Professor sich gönnte. Damals war er noch rank und schlank gewesen.

»Jetzt riech ich's auch«, sagte Nils plötzlich und hielt sich die Nase zu.

Chris beäugte ihn misstrauisch, meinte aber schließlich: »Das stinkt nach Schwefel.«

Lisa stöhnte. »Ich glaube, ich muss mal an die frische Luft.«

Gerade wollten alle vier aufstehen, um den Weg nach oben anzutreten, als die Stimme des Professors aus den Tiefen des Kellers ertönte: »He, Kinder, kommt her und seht euch das an!«

Die Freunde wechselten unglückliche Blicke.

»Zeit für den Geschichtsunterricht«, seufzte Chris.

»Mir hat Geschichte schon immer gestunken«, sagte Nils. »Das hier ist eindeutig der Beweis!«

Tatsächlich wurde der Schwefelgeruch immer intensiver, je weiter sie den Gang hinuntergingen. Selbst Chris zweifelte nicht länger, dass Nils unschuldig war – solche Blähungen brachte kein menschliches Wesen zustande, nicht einmal Nils nach erhöhtem Koffeingenuss.

Der Korridor endete in einem niedrigen Gewölbekeller. In einigen zerfallenen Weinfässern, die an der Südwand lagerten, raschelte es verdächtig. Ratten hatten darin ihre Nester gebaut.

Der Boden bestand aus einem prachtvollen Mosaik, das eher in einen antiken Tempel gepasst hätte, nicht aber in den Weinkeller eines Klosters. Es zeigte verschlungene Muster, zusammengesetzt aus Millionen winziger Steinsplitter. Etwas Ähnliches hatte bisher nicht einmal Professor Rabenson während seiner jahrelangen Forschungen gesehen. Aber das Mosaik war nur einer der Gründe, die ihn in die verlassene Abtei San Cosimo geführt hatten.

»Schaut euch das an!«, sagte der Professor, ohne vom Boden aufzublicken. Er kauerte in der Hocke und wandte den Freunden seinen breiten Rücken zu. Der Schein der Taschenlampe geisterte über den Mosaikfußboden zu seinen Füßen. Kyra und die anderen traten hinter ihn und blickten ihm über die Schulter.

»Ist das nicht großartig?«, fragte der Professor. Man merkte ihm an, dass er seine Begeisterung kaum im Zaum halten konnte. Er klang, als wollte er am liebsten aufspringen und einen Freudentanz veranstalten.

Die Kinder schauten sich verwundert an.

»Ähem«, sagte Kyra schließlich, »verrätst du uns, was du meinst?«

Heftig pochte er mit den Fingerknöcheln auf den Boden. »Das hier, natürlich!«

Das Muster des Mosaiks schien zu seinen Füßen

besonders verschlungen zu sein, doch das war auch schon das Einzige, was Kyra auffiel.

Zu ihrer Verwunderung war es Lisa, die staunend durch die Zähne pfiff. »Ist es das, was ich meine, das es ist?«

Professor Rabenson schaute auf. Seine Augen blitzten vor Aufregung. »Fantastisch, nicht wahr?«

Lisa ging neben ihm in die Knie, während ihre Freunde verständnislos von einem zum anderen blickten. Mit ihren Fingern fuhr Lisa den Verlauf des Musters nach.

»Wie wär's, wenn uns jemand ein paar Worte dazu sagen würde?«, schlug Kyra ungeduldig vor.

Chris keuchte. »Könnten wir nicht langsam aus diesem Gestank verschwinden?«

»Gestank?«, fragte der Professor irritiert. Vor Begeisterung hatte er den Schwefelgeruch gar nicht wahrgenommen.

Lisas Blick blieb fest auf das Muster gerichtet.

»Es ist eine Karte«, sagte sie. »Seht ihr das denn nicht?«

Sie war während der vergangenen Tage mehrfach allein mit dem Professor hier unten gewesen. Während ihre Freunde sich auf dem überwucherten Gelände der Klosterruine herumgetrieben hatten, war sie mit Kyras Vater durch den Keller gestreift, immer auf der Suche nach Rätseln, die es zu lösen galt. Rätsel waren neuerdings Lisas große Leidenschaft.

Das war nicht immer so gewesen. Erst seit sie und

die drei anderen zu Trägern der Sieben Siegel geworden waren – magischen Malen, die durch einen Zauber auf ihre Unterarme gebrannt worden waren –, hatte sie diese übermäßige Begeisterung für vertrackte Geheimnisse, uralte Buchstabencodes und antike Bilderrätsel entwickelt.

»Eine Karte?«, fragte Nils verwundert.

»Ich sehe gar nix«, meinte Chris.

»Lisa hat recht.« Professor Rabenson stand auf und drehte sich zu den Kindern um. Das Licht der Taschenlampe fiel von unten über seine runden Züge. Sein Kopf war vollkommen kahl, deshalb trug er die meiste Zeit einen Schlapphut – es war immer noch derselbe wie auf den Fotos in seinen Büchern. Dieser Hut hatte ihn bisher auf all seinen Reisen begleitet, lange bevor Indiana Jones einen Hut zum unentbehrlichen Utensil aller Kino-Abenteurer gemacht hatte.

Der Professor trug einen mächtigen Schnauzbart, außerdem eine Art Tropenanzug, der hier in Italien eher fehl am Platze wirkte. In seinem linken Ohrläppchen steckte ein goldener Ring, von dem er behauptete, er sei ihm vor langer Zeit von einem Piraten im Südchinesischen Meer geschenkt worden.

»Es ist eine Karte«, bestätigte er noch einmal.

»Eine Karte von was?«, fragte Kyra.

»Vom Fußboden dieses Kellers. Das gesamte Muster des Mosaiks ist an dieser Stelle noch einmal verkleinert dargestellt. Es sieht aus, als sei es einfach nur ein Bestandteil des großen Musters, aber das ist es nicht.

Es zeigt die gleichen Schnörkel und Schleifen und Spiralen, nur in einem kleineren Maßstab.«

»Und?«, fragte Nils.

Der Professor hob eine Augenbraue und schenkte ihm einen missbilligenden Blick. »Sieh genau hin, mein Junge. Dann wird es dir auffallen.«

Nils trat mit einem Seufzen um den Professor herum und bückte sich. Als er mit bloßen Augen nichts Ungewöhnliches erkennen konnte, strich er vorsichtig mit den Fingerspitzen über die Mosaiksteine.

»Hier ist eine Vertiefung«, sagte er schließlich und zeigte auf einen hellen Steinsplitter, der etwa zwei Zentimeter tief in den Boden eingelassen war.

»Sehr gut«, lobte der Professor. »Eine Markierung.«

»Ein Lageplan?«, fragte Chris.

»Für einen Schatz?«, fügte Nils aufgeregt hinzu.

Kyra atmete tief durch. »Wir sollten versuchen, die gleiche Stelle in dem großen Muster zu finden.«

Nur Lisa blieb kritisch. »Das Kloster ist uralt. Vielleicht ist es ein Zufall und der Boden ist an dieser Stelle eingesackt.«

»Genau unter diesem einzelnen Stein?«, warf der Professor ein. »Das Stück ist höchstens zwei mal zwei Zentimeter groß. Rundherum ist alles eben. Nein, Lisa, es ist ein Zeichen. Und ich weiß auch schon, wofür.«

Die vier Freunde starrten ihn verblüfft an.

»Du hast schon nachgesehen?«, fragte Kyra aufgeregt.

Ihr Vater nickte. »Kommt, ich zeig's euch.«

Er führte sie quer durch den Gewölbekeller und blieb schließlich an einer Stelle stehen, an der zwei Spiralmuster ineinandermündeten – genau wie in der Verkleinerung.

Der Professor bückte sich. Seine Hände glitten in zwei Mulden.

»Sind das Griffe?«, fragte Nils neugierig.

Kyras Vater nickte. »Es gibt noch mehr davon. Hier ... und hier! Wenn ihr Jungs mit anpackt, können wir vielleicht – «

»Eine Falltür öffnen!«, fiel Chris ihm aufgeregt ins Wort.

»Irgendwas in der Art, ja«, bestätigte der Professor. »Mir scheint, dass unter diesem Teil des Mosaiks eine lockere Bodenplatte verborgen liegt. Ich glaube, wir könnten sie zusammen anheben.«

Lisa knetete nachdenklich ihr Kinn. »Was kann denn darunter sein? Ein Grab?«

»Schon möglich«, erwiderte der Professor. »Vielleicht die Gruft eines alten Etruskerfürsten.«

»Aber die Etrusker haben hier vor über zweitausend Jahren gelebt!«, warf Kyra ein. »Wieso sollte einer von denen ausgerechnet hier begraben sein, in einem Kloster, das erst viel später erbaut worden ist? Das ergibt doch keinen Sinn.«

Ihr Vater schüttelte den Kopf. »Die ganze Toskana ist übersät mit den Überbleibseln der etruskischen Kultur. Überall gibt es Felsengräber, uralte Kultstätten und andere Relikte. Warum nicht auch hier? Vielleicht haben die Mönche ihr Kloster einfach auf einem religiösen Kultplatz der Etrusker errichtet. So was hat es überall auf der Welt immer wieder gegeben, auch in Deutschland. Kirchen, die auf keltischen Heiligtümern stehen, zum Beispiel. Kathedralen auf den Überresten längst versunkener Zivilisationen ... Das ist nichts Besonderes.«

Kyra hob die Schultern. »Wenn du das sagst.« Aber ganz wohl war ihr noch immer nicht bei der Sache.

Chris und Nils gingen neben dem Professor in die Hocke.

Nils bemerkte, dass dort, wo er zupacken wollte, bereits ein schmaler Spalt klaffte. »Haben Sie es schon allein versucht?«, fragte er, an den Professor gewandt.

»Vorhin, ja. Aber allein war ich nicht stark genug.«

Chris beugte sich über den schwarzen Spalt und schnüffelte daran. Er zuckte angewidert zurück. »Puuh!«, entfuhr es ihm. »Daher kommt also der Gestank!«

Der Professor roch ebenfalls daran. »Tatsächlich. Das hatte ich noch gar nicht bemerkt.«

Kyra verdrehte die Augen.

»Also«, sagte Nils, »was ist jetzt? Heben wir die Platte nun hoch oder nicht?«

»Natürlich.« Der Professor zählte von drei rückwärts und bei eins stemmten sie die Platte gemeinsam beiseite.

Die beiden Mädchen sprangen hastig zurück, als ein unerträglicher Stinkschwall ins Freie strömte.

»Uuuh!«

Auch der Professor und die Jungen verzogen die Gesichter. Angeekelt ließen sie die Steinscheibe fallen.

Im Boden hatte sich eine Öffnung aufgetan, ungefähr zwei Meter im Quadrat. Der Gestank war kaum noch auszuhalten.

Alle hatten sich abgewandt und hielten sich stöhnend die Armbeugen vor die Nasen.

Kyra war die Erste, die ihren Ekel weit genug in den Griff bekam, um einen Blick in das Loch zu riskieren. Sie spürte, wie das Frühstück ihre Speiseröhre hinaufschoss – die Schwefeldünste waren fast mehr, als sie ertragen konnte. Trotzdem erkannte sie, dass unterhalb der Öffnung absolute Schwärze herrschte. Was immer dort unten war, es lag in völliger Finsternis.

Professor Rabenson wedelte hektisch mit der Taschenlampe. »Los, raus hier!«, rief er. »Ich will nicht derjenige sein, der euren Eltern erklären muss, dass ihr alle mit Vergiftungen in irgendeinem italienischen Krankenhaus liegt.«

Es kam öfters vor, dass er völlig übersah, dass er selbst Kyras Vater war. Die beiden trafen sich nur wenige Male im Jahr, immer während der Schulferien, wenn der Professor nach Giebelstein kam, um Kyra und ihre drei Freunde mit auf eine seiner Reisen zu nehmen. Die übrige Zeit lebte Kyra bei ihrer Tante Kassandra. Ihr Vater bereiste derweil die Welt und betrieb in den entlegensten Gegenden Recherchen für seine Bücher.

Die Kinder stürmten mit verdeckten Gesichtern am Professor vorüber, während der sie mit der Lampe Richtung Ausgang winkte. Er folgte ihnen erst, als sie den Gewölbekeller verlassen hatten und durch den Gang zur Treppe liefen.

Hintereinander hasteten sie zur Oberfläche und gelangten schließlich in die Überreste einer alten Kapelle. Sie lag im Zentrum des Klostergeländes. Dach und Wände waren noch erhalten, aber es gab keine Fensterscheiben mehr. Auch war die gesamte Einrichtung verschwunden, einschließlich des Altars. Zwischen den Bodenplatten wucherte Unkraut, die Mauern waren mit Efeu bewachsen. Tageslicht fiel durch die Fensterrahmen und den leeren Bogen des Haupteingangs.

Die fünf stolperten noch einige Meter weiter, dann erst blieben sie stehen, hustend und keuchend.

»Liebe Güte«, stöhnte Professor Rabenson. »Was, um alles in der Welt, war das?«

»Du bist der Fachmann.« Kyra hatte das Gefühl, ihr ganzer Mund schmecke nach den Dünsten aus dem Inneren der Erde.

»Verwesungsgestank?«, meinte Chris.

Der Professor schüttelte den Kopf. »Riecht anders.«

Nils wischte sich Schweiß von der Stirn. »Vielleicht eine Schwefelader. Irgendein Gas.«

Kyras Vater räusperte sich, warf noch einen Blick zurück zur Kellertreppe und sagte dann: »Kommt, wir fahren ins Dorf. Auf den Schrecken gibt's erst mal *gelato*. Oder ist euch die Lust auf Eis vergangen?«

Die Kinder schüttelten eilig die Köpfe. Nils und Chris grinsten sich an.

Nur Kyra blieb skeptisch. »Willst du die Luke einfach offen stehen lassen?«

»Es wird schon keiner reinfallen. Außer uns und Doktor Richardson ist ja keiner hier. Und die ist heute den ganzen Tag über im Park beschäftigt. Ich glaube, irgendwo in der Nähe des Elektrozauns.«

Doktor Sarah Richardson war eine Wissenschaftlerin aus Philadelphia. Ebenso wie Kyras Vater hatte sie eine der seltenen Genehmigungen erhalten, auf dem Gelände von San Cosimo Forschungen zu betreiben. Sie war etwa so alt wie der Professor und machte ihm derart schöne Augen, dass es den Kindern gleich am ersten Tag aufgefallen war. Nur Professor Rabenson selbst schien die Bemühungen der Amerikanerin nicht zu bemerken, so besessen war er von seiner Arbeit.

Eigentlich war in seinem Leben ohnehin kein Platz für andere Menschen. Kyra hatte das oft genug zu spüren bekommen, etwa wenn er wieder einmal einen versprochenen Besuch in Giebelstein abgesagt hatte. Für sie war er viel mehr ein guter Freund, dem sie hin und wieder begegnete, als ein wirklicher Vater. Tante Kassandra ersetzte ihr seit vielen Jahren beide Eltern, und alle fanden, dass dies die beste Lösung sei. Ja, Tante Kassandra war zweifellos die Größte.

Die Kinder und der Professor machten sich auf den Weg. Die Kapelle befand sich inmitten eines verwilderten Dickichts, das einst der Innenhof des Klosters gewesen war. Rundherum standen die Ruinen des Gemäuers, erstaunlich gut erhalten für ihr Alter. Fast alle Gebäude waren unversehrt, abgesehen von fehlendem Fensterglas und verrotteten Türen. Der ehemalige Park, der das Kloster auf allen Seiten umschloss, hatte sich in eine wuchernde Urlandschaft verwandelt. Wilder Wein, Zypressen, Klatschmohn und Macchiabüsche bildeten einen dichten Dschungel.

Nur ein schmaler Weg führte von den Ruinen zum Tor der hohen Starkstromumzäunung, die das Gelände als Schutz vor Plünderern und Herumtreibern umschloss.

Während der Professor den Motor seines gemieteten Jeeps anwarf, sprangen die Kinder hinten auf die Ladefläche. Johlend brausten sie los.

Nur Kyra blieb schweigsam. Verstohlen blickte sie auf ihren Unterarm, doch die Sieben Siegel, die sie sonst vor jeder Gefahr durch übernatürliche Mächte warnten, blieben unsichtbar.

Vielleicht hatte Nils ja doch recht. Es war Schwefel, nichts sonst.

Trotzdem hatte sie das seltsame Gefühl, dass der Gestank ihnen folgte – eine unsichtbare Faust, die keines ihrer Opfer jemals wieder loslassen würde.

Vorzeichen

Doktor Richardson stand am Tor des Elektrozauns und winkte den Freunden zu.

»Sie tut so, als würde sie uns zuwinken«, sagte Chris, als der Professor den Jeep anhielt und wartete, bis das Tor zur Seite glitt. »Dabei sieht sie in Wirklichkeit nur deinen Vater an.«

Kyra schnitt eine Grimasse. »Mein Vater weiß gar nicht, was Frauen sind«, sagte sie.

»Das hab ich gehört, junge Dame«, ertönte es vergnügt vom Fahrersitz.

Lisa kicherte.

Kyra streckte ihrem Vater die Zunge heraus. »Ist doch wahr ... Die gute Mrs Richardson ist ganz versessen darauf, sich mit dir über ihre Forschungen zu unterhalten.«

»Wer sagt denn, dass wir das nicht längst getan haben?«, gab der Professor mit Unschuldsmiene zurück.

»Ihr habt – ?«

»Uns über ihre Forschungen unterhalten, allerdings«, erwiderte ihr Vater ernsthaft. »Wie es unter Wissenschaftlern so üblich ist.«

»Wie es unter Wissenschaftlern üblich ist«, äffte

Kyra ihn so leise nach, dass nur ihre Freunde es verstehen konnten. Die anderen grinsten.

»Wenn er sie heiratet«, sagte Nils augenzwinkernd, »kannst du dich Kyra Rabenson-Richardson nennen.«

Lisa verzog das Gesicht. »Doppelnamen find ich affig.«

Als Kyra aufblickte, sah sie, dass ihr Vater ihr im Rückspiegel zuzwinkerte. »Ist das jetzt schon die Pubertät?«, fragte er.

»Frag Doktor Richardson. Frauen kennen sich mit so was besser aus.«

»Ja, vielleicht sollte ich das tun. Und ich werde sie bitten, sich die restlichen Ferien über um euch zu kümmern.«

Nils raufte sich in gespielter Verzweiflung die Haare. »Oh nein, nur das nicht! Seht euch nur ihre Klamotten an.«

Während der Jeep losfuhr und über die Stahlschiene des Tors rumpelte, schauten sich die vier Freunde nach der Amerikanerin um. Sie war eigentlich eine recht attraktive Frau Ende dreißig. Allerdings hatte sie eine fatale Vorliebe für zitronengelbe Kleidungsstücke. Im Augenblick trug sie gelbe Shorts und ein enges gelbes T-Shirt. Einen gelben Pullover hatte sie sich locker um die Hüfte gebunden. Auf ihrer Nase saß ein gewaltiges Brillengestell.

»Warum kauft die sich keine Kontaktlinsen?«, fragte Lisa naserümpfend.

Professor Rabenson hob belehrend den Zeigefinger.

»Brillen verleihen Charakter. Das solltest du dir merken, kleines Fräulein.« Er drückte auf eine abgegriffene Fernbedienung, die vorne auf den Armaturen lag. Das Schiebetor begann sich knirschend zu schließen.

Doktor Richardson blieb winkend hinter ihnen zurück. Vor dem Dunkelgrün des Parkdickichts leuchtete sie in ihrer gelben Kleidung wie ein Kanarienvogel.

»Was untersucht die hier eigentlich?«, wollte Nils wissen.

»Das hab ich euch doch schon erklärt«, sagte der Professor.

Nils grinste. »Da muss ich gerade ... na ja, abgelenkt gewesen sein.«

Professor Rabenson stieß ein tiefes Seufzen aus. »Sie schreibt an einer Arbeit über den Bildhauer Damiano. Er hat im Mittelalter hier in der Abtei gelebt. Ihr habt doch die Steinfiguren gesehen, die überall zwischen den Bäumen stehen, oder?«

»Die mit den Teufelsfratzen?«, fragte Lisa.

»Das sind Wasserspeier. Man nennt sie auch Gargoyles. Damiano war berühmt dafür. Er hat einige Hundert davon geschaffen und man kann sie noch heute an allen großen Kathedralen Europas finden. Jeder hat sich damals um Damianos Wasserspeier gerissen, vom kleinen Geistlichen über die Kardinäle der alten Weltmetropolen bis hinauf zum Papst persönlich. Damiano war Mönch, aber zugleich wurde er einer der reichsten Männer seiner Zeit.«

»Nur durch diese ... Gargäuls?«, fragte Chris.

»So spricht man sie aus, ja. Geschrieben G-A-R-G-O-Y-L-E-S.« Der Professor lächelte Chris im Rückspiegel an. »Damiano war der unumstrittene Meister der Wasserspeier. Dieses Kloster war bis unter die Dächer voll davon. Es heißt, sie standen überall, auf jedem Giebel, jeder Mauer, vor jeder Tür. Die meisten sind in Museen auf der ganzen Welt verschwunden, aber eine Handvoll steht noch immer hier in San Cosimo.«

»Ich finde die Dinger scheußlich«, meinte Lisa.

Ihr Bruder schüttelte den Kopf. »Quatsch. Die sehen besser aus als die Monster in jedem Horrorfilm.«

Nils sammelte Monstermasken aus Latex und Gummi, und die Schöpfungen Damianos hatten ihn vom ersten Tag an begeistert. Bucklige Dämonen, spindeldürre Teufel, Gruselgeschöpfe in allen Größen und Formen. Allein mit denen, die noch im Dickicht rund um das Kloster standen, hätte man eine ganze Geisterbahn ausstatten können.

»Für die Menschen des Mittelalters wirkten Damianos Gargoyles ungemein lebensecht«, erklärte der Professor. »Ihr müsst bedenken, die Leute damals waren solch einen Anblick nicht gewohnt, so ganz ohne Film und Fernsehen. Damianos Geschöpfe müssen auf sie eine ungeheure Wirkung gehabt haben, gerade weil sie so realistisch wirkten.«

»Was wollte man überhaupt mit den Viechern?«, fragte Kyra.

»Sie sollten die echten Teufel und Dämonen abschrecken«, sagte ihr Vater. »Gebäude, die mit Damianos

Figuren bestückt waren, galten als sicher vor dem Einfluss des Bösen.«

Vielleicht sollten wir ein paar davon mit nach Giebelstein nehmen, dachte Kyra und strich sich über den Unterarm. Noch immer zeigte sich keine Spur von den Siegeln. Kyras verstorbene Mutter, eine erbitterte Gegnerin aller Geschöpfe der Finsternis, hatte sie ihrer Tochter und deren drei besten Freunden vererbt. Die Male warnten vor allen Kreaturen der Hölle, wirkten zugleich aber auch wie ein Magnet auf alles Böse. Seit die Kinder die Sieben Siegel trugen, mussten sie jederzeit damit rechnen, dass ihnen Dämonen und andere Schergen des Teufels nachstellten. Vor allem Kyra fühlte sich seither nirgends mehr sicher, ein Verfolgungswahn, den sie ebenfalls ihrer toten Mutter verdankte.

Der Jeep brauste über eine schmale Schotterstraße. Steine spritzten gegen das Innere der Kotflügel und verursachten einen Höllenlärm.

Um sie herum zog die herrliche Landschaft der Toskana vorüber. Gelbe und grüne Hügel erstreckten sich bis zum Horizont, gesäumt von schlanken Zypressen, die wie Messerspitzen ins Blau des Himmels stachen. Viele Hänge waren terrassenförmig angelegt, um die Bebauung mit Mais und Gerste, mit Olivenhainen und Weinreben zu erleichtern. Hoch über ihnen drehten einige Mauersegler ihre Runden.

Während Nils in Gedanken die Monsterfratzen des Damiano Revue passieren ließ und Kyra über die Geheimnisse der Sieben Siegel nachgrübelte, warf Lisa Chris verstohlene Blicke zu. Sie mochte ihn gern, weit mehr, als sie je zugegeben hätte. Sogar bei dieser Hitze trug er schwarze Kleidung – Jeans und Sweatshirt – und sein Haar, ebenfalls schwarz, fiel ihm tollkühn in die Stirn. Obwohl Chris permanent essen konnte, wirkte er überaus sportlich – eine Tatsache, die vor allem bei Lisa und Kyra auf Unverständnis, insgeheim aber auch auf Gefallen stieß: Chris sah wirklich gut aus.

Lisa war strohblond wie ihr Bruder Nils. Manchmal beneidete sie Kyra um ihre dunkelrote Haarflut. Im Fahrtwind sah es aus, als tanzten Flammen um Kyras Kopf. Auch Chris schien dieses Schauspiel aufzufallen, denn Lisa entging nicht, dass er Kyra heimlich beobachtete. Insgeheim seufzte sie.

Bald erreichten sie Saturnia.

Die kleine Ortschaft lag idyllisch unweit eines Wasserfalls. Dampfende Fluten ergossen sich aus einer heißen Quelle in die Tiefe. Das Wasser war stark schwefelhaltig, und obgleich es hier nicht so gottserbärmlich stank wie in der Abtei, war der Geruch in der Nähe des Wasserfalls deutlich wahrzunehmen. Ein weiterer Hinweis, dass es sich bei dem Dunst aus den Tiefen des Klosters um eine natürliche Erscheinung handelte.

Professor Rabenson parkte den Jeep auf der Piazza, dem Marktplatz des Dorfes. Hohe Bäume spendeten Schatten. Vor einem Eiscafé waren einige Tische und Stühle aufgestellt. Um diese Uhrzeit versammelten sich hier die Einheimischen zur Mittagspause. Kyra entdeckte den Dorfpolizisten an einem der Tische, ebenso den Bürgermeister und seine Sekretärin. Die beiden hatten den Professor bei seiner Ankunft begrüßt; man hatte ihnen deutlich ansehen können, dass ihnen die Anwesenheit der Kinder im Kloster alles andere als recht war.

Der Professor und die vier Freunde nahmen an einem Tisch Platz und bestellten Eis für alle, außerdem kühle Getränke. Nils verzichtete diesmal auf den Kaffee. Er tat so, als bemerke er nicht, dass sie von derselben jungen Kellnerin bedient wurden wie beim Frühstück.

Faulenzend warteten sie, bis die Sonne den höchsten Punkt überschritten hatte. Professor Rabenson trank ein großes Glas Rotwein – einheimischen Chianti – dann machten sie sich wieder auf den Rückweg.

Im Jeep erzählte Nils den anderen eine seiner berühmt-berüchtigten Gruselgeschichten. Er tat das mit größter Begeisterung, und immer behauptete er, sie hätten sich genau so zugetragen.

»Es gab da mal ein Mädchen, das studierte irgendwo an einer großen Universität«, begann er. »Sie war die Schwester eines Typs, den ich aus der Schule kenne. Oder vielleicht auch seine Kusine … ist ja auch egal. Auf jeden Fall wohnte sie in einem dieser Studentenheime, ihr wisst schon, wo Jungen und Mädchen in Doppelzimmern hausen, die Jungs in einem Stockwerk und die Mädchen in einem anderen. Die Geschichte hat sich letztes Jahr zu Ostern abgespielt.«

Nils holte tief Luft, dann fuhr er fort: »Fast alle, die in diesem Wohnheim lebten, fuhren über die Feiertage nach Hause. Nur das Mädchen und ihre Zimmergenossin blieben dort. Sie wollten irgendeinen Vortrag vorbereiten, den sie gleich nach Ostern halten sollten, und so hatten sie das ganze Wohnheim für sich allein. Als es Abend wurde, beschloss die Freundin, ins Kino zu gehen – sie hatte genug von all den Büchern, die sie den Tag über gewälzt hatte. Das Mädchen aber wollte nicht mitkommen. Als ihre Freundin fortging, warnte das Mädchen sie, sie solle vorsichtig sein. Schließlich wäre es nicht das erste Mal gewesen, dass sich irgendwelche Spinner in dem ausgestorbenen Wohnheim herumgetrieben hätten. Sogar ein Mörder hatte hier vor Jahren schon Zuflucht gesucht. Die Freundin aber lachte nur und meinte, das Mädchen solle sich keine Sorgen machen. Und so wurde es Nacht.«

Erneut machte Nils eine Pause und beobachtete die Gesichter seiner Freunde. Zufrieden stellte er fest, dass seine Geschichte die anderen in ihren Bann gezogen hatte.

»Kurz nach Mitternacht erwachte das Mädchen von seltsamen Geräuschen. Schlurfende Schritte ertönten draußen auf dem Gang, dazu ein leises Stöhnen. Es war stockdunkel im Zimmer, nur durch den Türschlitz fiel das Flimmern der Notbeleuchtung vom Korridor. Das Mädchen bekam panische Angst. Die Schritte stoppten vor der Tür des Zimmers – und im gleichen Augenblick fiel dem Mädchen ein, dass es die Tür nicht abgeschlossen hatte! Es sprang auf und wollte den Schlüssel herumdrehen, doch da wurde die Tür schon einen Spalt weit geöffnet. Das grauenvolle Stöhnen wurde lauter, immer lauter, und das Mädchen stolperte rückwärts. Völlig verängstigt schloss es sich im Wandschrank ein. Die Schritte kamen näher, das Mächen konnte sie ganz genau hören. Ja, sie kamen genau auf den Schrank zu! Und dann begann ... *es!*«

»Was?«, brüllten die anderen im Chor.

Nils fletschte die Zähne zu einem teuflischen Grinsen. »Das Kratzen! Das Kratzen von langen Fingernägeln an der Schranktür!«

»Uuuh!«, machte Chris mit dunkler Grabesstimme und legte die Hände um Lisas Hals, als ob er sie würgen wollte. Nach außen hin tat sie erschrocken, aber insgeheim genoss sie die Berührung.

»Das schreckliche Kratzen und Stöhnen ging weiter bis zum frühen Morgen. Das Mädchen wurde fast wahnsinnig in seinem Versteck. Es betete, bis es hell wurde, und dankte dem lieben Gott dafür, dass der Schrank ein Schloss hatte. Was immer dort draußen für ein Ding war, es konnte nicht zu ihr herein! Dann, als die Sonne aufging, verstummte das Kratzen endlich. Licht fiel ins Zimmer, und das Mädchen beschloss, den Schrank zu verlassen. Doch das, was draußen gekratzt und gestöhnt hatte, war keineswegs fort!«

»Was war es?«

»Ein Irrer?«

»Ein Mädchenmörder?«

Nils grinste noch breiter. »Es war ihre Freundin. Oder besser: die Leiche ihrer Freundin! Irgendein Kerl hatte sie in der Nacht entsetzlich zugerichtet und sie hatte sich mit letzter Kraft zurück aufs Zimmer geschleppt. Und während sich das Mädchen ängstlich im Schrank versteckte, hatte die Freundin Hilfe suchend an der Tür gekratzt, unfähig zu sprechen. Und genau so lag sie am Morgen da.«

Schweigen. Sogar Professor Rabenson hatte den Fuß vom Gaspedal genommen. Alle waren mächtig beeindruckt.

Um dem Ganzen die Krone aufzusetzen, sagte Nils: »Und ich schwöre, genau so ist es wirklich passiert. Beim Leben meines Lieblingshamsters!«

Das sagte er immer, und meist war das der erlösende Augenblick, in dem die anderen in Gelächter oder in Ooohs und Aaahs ausbrachen.

Lisa kicherte nervös. »Ich glaube nicht, dass ich studieren werde. Und ganz bestimmt werd ich in keinem Wohnheim wohnen.«

»Wahrscheinlich wirst du Chris heiraten und bis dahin längst drei Kinder haben«, stichelte Nils.

Lisa knuffte ihn hart in die Seite. »Wenn du so weitermachst, wirst du das nicht mehr erleben.«

Der Jeep fuhr jetzt einen Hügel hinunter. Vor ihnen erschien der Starkstromzaun des Klostergeländes. Jenseits der Metallgitter wucherte der einstige Park wie ein Stück Urzeitlandschaft. Weit im Hintergrund erhob sich die Ruine des Glockenturms aus dem Dickicht.

Doktor Richardson war nirgends zu sehen. Die Überreste eines Wasserspeiers, den sie im nahen Unterholz untersucht hatte, lagen verlassen da.

Kyras Vater öffnete das Tor mit der Fernbedienung. Nachdem sie hindurchgefahren waren, schloss es sich wieder hinter ihnen. Knisternde Entladungen zuckten über die Gittermaschen des Zauns. Alle paar Meter warnten Schilder auf beiden Seiten vor Lebensgefahr. Wer den Zaun berührte, war in Sekundenschnelle nur noch ein Häuflein Asche.

Professor Rabenson brachte den Jeep vor dem Hauptportal des Klosters zum Stehen. Die hohen Doppelflügel waren längst fort, geblieben war nur ein Steinbogen, um den sich wilde Kletterpflanzen rankten.

»Doktor Richardson?«, rief der Professor. »Doktor Richardson, wir sind wieder zurück!«

Keine Antwort.

»Sie wird gerade beschäftigt sein«, meinte der Professor schulterzuckend.

Die Kinder sprangen von der Ladefläche.

Kyra schaute sich um. »Wo steckt sie denn?«

»Vielleicht in ihrer Unterkunft.«

Studenten der Universität von Florenz hatten einige Räume im Erdgeschoss des Klosters bewohnbar gemacht. Es gab einen Stromgenerator für Heizöfen und Computer, außerdem einen großen Wassertank, der regelmäßig aufgefüllt wurde. Erhielt ein Wissenschaftler die seltene Genehmigung, in San Cosimo zu forschen, wusste er genau, was ihn erwartete: Nächte im Schlaf-

sack auf unbequemen Klappliegen, abgestandenes Trinkwasser und an Nahrung nur das, was er selbst mitbrachte. Sicher, er konnte sich in einem Hotel in Saturnia einmieten, aber das taten die wenigsten, und ganz gewiss nicht Professor Rabenson, der schon überall auf der Welt unter weit schlimmeren Bedingungen gearbeitet hatte.

Das Zimmer von Doktor Richardson lag neben dem der Kinder. Eigentlich hätte man die Rufe von dort aus hören müssen. Das wussten die Kinder aus Erfahrung. Aber noch immer gab die Amerikanerin keine Antwort.

»Doktor Richardson!«, rief Lisa erneut. Vergebens.

Gemeinsam gingen sie in die Kapelle. Zur Erleichterung aller war der Gestank verflogen.

»Schaut mal!«, meinte plötzlich Chris.

Neben der Treppe zum Kellergewölbe lag ein zitronengelber Pullover. Also war Doktor Richardson hier gewesen. War sie dort hinuntergestiegen? Hatte sie deshalb die Rufe nicht hören können?

Doch es war gar nicht der Pullover, den Chris entdeckt hatte. Kyra war die Erste, die es bemerkte: Chris schaute nicht einmal in die Richtung der Treppe.

Er schaute auf seinen Unterarm.

Und als Kyra seinem Blick folgte, sah sie, was er meinte.

Die Sieben Siegel.

Es hatte wieder begonnen.

Der zweite Fehler

Die Kinder wechselten furchtsame Blicke. Niemand sprach ein Wort. Alle vier starrten abwechselnd auf ihre Unterarme, dann wieder hoch in die erschütterten Gesichter ihrer Freunde.

Professor Rabenson war bereits zur Treppe geeilt. Er hatte von der Veränderung nichts bemerkt.

Kyra atmete tief durch. »Und nun?«

»Hauen wir ab«, sagte Nils.

»Und Doktor Richardson?«, fragte Lisa besorgt.

Chris nickte ihr zu. »Wir sollten zumindest einen Blick in den Keller werfen.«

Nils schüttelte heftig den Kopf. »Und was, wenn sie in dieses Loch hinuntergeklettert ist? Wollt ihr dann etwa hinterher?«

Die Entscheidung wurde ihnen im selben Augenblick abgenommen, denn Professor Rabenson rief: »Worauf wartet ihr noch?« Und sogleich lief er die Stufen hinunter und verschwand aus dem Blickfeld der Kinder.

»Scheiße!«, fluchte Nils.

»Nun kommt schon«, meinte Kyra und seufzte. »Es bleibt uns ja doch nichts anderes übrig.«

»Nichts anderes übrig?«, wiederholte Nils ungläubig. »Mir fällt da aber eine ganze Menge ein.«

»Ich gehe runter«, verkündete Chris.

»Ich auch«, beeilte sich Lisa zu sagen. Sie folgte Chris fast überallhin.

Kyra nickte. »Also los.«

Nils brummelte leise vor sich hin, schloss sich den anderen aber an. Meist redete er lediglich davon, einen Rückzieher zu machen, setzte seine Worte aber nur selten in die Tat um.

Sie folgten dem Professor in die unterirdischen Katakomben des Klosters. Hier unten waberten immer noch Reste des Schwefelgestanks, beinahe als hätten sich die Dünste in die Oberfläche des Mauerwerks gefressen. Trotzdem war es bei Weitem nicht so schlimm wie am Vormittag. Übel wurde keinem mehr davon.

Kyras Vater hatte wieder die Taschenlampe eingeschaltet. Der Strahl war deutlich sichtbar, so, als hätte sich der Gewölbekeller mit einem feinen Nebel gefüllt. Der Anblick machte die Szenerie nur noch unheimlicher.

»Hier unten ist es viel kühler als oben«, flüsterte Chris. »Warum hat sie dann ihren Pullover nicht mit runtergenommen?«

Nils rümpfte die Nase. »Weil sie ihn verloren hat, natürlich.«

»Hat sie vielleicht in den Tagen, die wir hier sind, schon ein einziges Mal *irgendwas* verloren?«

»Nichts«, bestätigte Kyra. »Aus irgendeinem Grund muss sie es sehr eilig gehabt haben.«

»Glaubt ihr, sie hat etwas gesehen?«, fragte Lisa besorgt.

Alle bekamen bei dieser Vorstellung eine Gänsehaut. Falls Doktor Richardson wirklich irgendetwas entdeckt hatte, war es wahrscheinlich immer noch hier unten. Oder es hatte sich oben in den Ruinen verkrochen. Schwer zu sagen, welche von beiden die schlimmere Vorstellung war.

»Wenn sie nichts gesehen hat, dann hat sie zumindest etwas gehört«, sagte Kyra. »Es wird ja wohl kaum der Gestank gewesen sein, der sie hier runtergelockt hat.«

»Wohl kaum«, meinte auch Nils. »Es sei denn, sie leidet an Geschmacksverirrung.« Dabei zwinkerte er heftig in die Richtung des Professors.

»Und damit willst du *was* sagen?«, fuhr Kyra ihn erbost an.

Nils kicherte, und Lisa musste sich sehr beherrschen, um nicht mit einzufallen. Auch Chris verzog das Gesicht und schaute eilig in eine andere Richtung.

»Kinder, wo bleibt ihr denn?«, rief der Professor im selben Moment über seine Schulter.

Widerwillig schlossen die vier zu ihm auf und versammelten sich rund um die Öffnung. Der Geruch war unangenehm, aber gerade noch zu ertragen.

»Leuchte mal mit der Lampe hinunter«, sagte Kyra.

Ihr Vater lenkte den Strahl in die Tiefe. Nach einigen

Metern fiel der Lichtkreis auf soliden Untergrund. Zumindest war der Schacht nicht bodenlos.

Chris ging in die Hocke und versuchte, seitlich in das Loch zu spähen. »Es ist ein Gang«, sagte er. »Scheint nach Norden zu führen. Auf den drei anderen Seiten sind überall Wände rund um die Öffnung.«

Der Professor zeigte am Strahl entlang nach unten. »Das da sieht aus, als wär's mal eine Leiter gewesen.«

Tatsächlich ließen sich im Schein der Lampe ein paar zerbrochene Holzsprossen erkennen. Mit viel Fantasie mochte es sich um Überreste einer alten Leiter handeln.

»Was glaubt ihr, wie tief das ist?«, fragte Lisa.

»Drei Meter«, meinte Kyra. »Ungefähr.«

Professor Rabenson zog die Lampe zurück und leuchtete reihum auf die Kinder. »Wir haben doch die Alu-Leiter, oben am Portal.«

»Du willst wirklich da runter?«, fragte Kyra zweifelnd. Sie horchte schon die ganze Zeit auf verdächtige Geräusche in der Tiefe. Aber dort unten herrschte völlige Stille. Sie war nicht sicher, ob sie das beruhigen oder nur noch mehr verunsichern sollte.

»Ich mache mir nun mal Sorgen um Doktor Richardson«, entgegnete ihr Vater.

Nils witterte eine Chance, das Abenteuer an dieser Stelle zu beenden. »Sie ist doch bestimmt nicht einfach runtergesprungen«, sagte er. »Sie wird sich irgendwo in den Ruinen rumtreiben. Ich meine, sie hat schließlich eine Brille … Vielleicht hört sie ja auch schlecht.«

Die strafenden Blicke der anderen brachten ihn zum Schweigen. Missmutig trat er von einem Fuß auf den anderen.

Professor Rabenson dachte laut nach: »Vielleicht wollte sie nachsehen, woher der Gestank kommt. Sie ist hier runtergegangen und durch die Gase bewusstlos geworden.«

»Du denkst, sie sei in das Loch gefallen?«, fragte Kyra. »Dann müsste sie aber immer noch dort unten liegen, oder nicht? Es sei denn, sie hat es irgendwie geschafft und doch die alte Leiter benutzt.«

Ihr Vater seufzte und traf seine Entscheidung. »Egal. Wir müssen nachsehen, das ist unsere Pflicht. Chris und ich holen die Alu-Leiter, ihr anderen wartet hier.« Damit drückte er Kyra die Taschenlampe in die Hand und gab Chris mit einem Wink zu verstehen, dass er ihm folgen sollte.

Chris wechselte einen flüchtigen Blick mit Kyra, zuckte dann mit den Schultern und lief hinter dem Professor her. Die drei anderen blieben allein am Rande der Öffnung zurück.

Nils schmollte mal wieder. »Wir werden tagelang nach Schwefel stinken.«

Seine Schwester starrte ihn ungläubig an. »Ist das wirklich dein einziges Problem?«

»Wenn ich sage, dass ich Schiss habe, weiß ich schon genau, was Kyra antworten wird.« Er imitierte sie mit unheilschwangerer Stimme: »Haben wir denn eine andere Wahl?«

Kyra lächelte flüchtig, obwohl ihr nicht danach zumute war.

»Wir haben doch auch keine, oder? Die Siegel werden dafür sorgen, dass es uns folgt – was immer es auch sein mag. Wahrscheinlich hat es längst Witterung aufgenommen.«

»Oh, das macht mir Mut«, schnappte Nils.

Alle drei versanken in Schweigen.

Noch immer drang kein Laut aus der Tiefe. Nicht der leiseste verräterische Ton.

Wenn Doktor Richardson wirklich dort unten war, stand es mit ziemlicher Sicherheit nicht allzu gut um sie.

Zwei, drei Minuten vergingen, dann polterte es plötzlich hinter ihnen in der Finsternis. Erschrocken rasten ihre Blicke herum. Der Lichtstrahl der Lampe fingerte unruhig ins Dunkel und blieb schließlich an Professor Rabenson haften, der fluchend auf seinem Hinterteil saß. Das Ende der Leiter war ihm beim Stolpern aus den Händen geglitten. Die scharfe Aluminiumkante hatte ihm das linke Knie aufgeschlagen. Ein Blutfleck sickerte durch den Stoff seiner khakifarbenen Leinenhose.

»Nun leuchte schon in eine andere Richtung!«, rief er unwirsch zu Kyra herüber. »Oder soll ich zu allem Übel auch noch blind werden?«

Die drei eilten zu ihm. Nils hob das Ende der Leiter hoch und legte das sperrige Gerät mit Chris' Hilfe beiseite.

»Tut's sehr weh?«, fragte Lisa besorgt und betrachtete das Knie des Professors.

»Ich kann nicht aufstehen.«

»Glaubst du, es ist irgendwas gebrochen?«, fragte Kyra.

Er presste mit den Fingern vorsichtig auf die Verletzung und stöhnte vor Schmerz. »Nein, ich glaube nicht. Aber das Knie schwillt an wie ein Luftballon.«

Chris trat neben ihn. »Nils und ich bringen Sie zum Jeep. Im Erste-Hilfe-Kasten müsste es irgendwas geben, um die Wunde zu verarzten.«

Professor Rabenson warf einen bedauernden Blick zur Öffnung hinüber, dann nickte er schweren Herzens. »Das wird wohl das Beste sein.«

Die beiden Jungen halfen ihm beim Aufstehen und stützten ihn auf dem Weg nach oben. Der Professor konnte mit dem verletzten Bein kaum auftreten. Er stöhnte bei fast jedem Schritt, ab und zu fluchte er steinerweichend. Auch Nils und Chris keuchten. Der Professor wog mindestens hundert Kilo.

Kyra und Lisa blieben mit Lampe und Leiter zurück.

»So langsam, wie die vorankommen, werden sie zwei Stunden brauchen, ehe sie wieder hier unten sind«, meinte Lisa.

Kyra leuchtete an der Leiter entlang. »Komm, wir tragen sie zum Loch«, schlug sie vor.

Lisa half ihr ohne große Begeisterung. »Sollen wir sie schon runterschieben?«

Kyra wusste, was ihre Freundin meinte. Wenn dort unten etwas war – oder jemand –, würden sie ihm damit den Weg herauf erleichtern. Das musste nun wirklich nicht sein.

Sie legten die Leiter am Rand der Öffnung ab. »So, das reicht«, sagte Kyra.

Lisa nickte erleichtert und schaute zurück in die Richtung, in der die Jungen den Professor davonschleppten. Ihre winzigen Umrisse hoben sich in der Ferne vom Zwielicht des Kellerausgangs ab.

»Und nun?«, fragte sie leise.

Kyra zuckte die Achseln. »Warten. Was sonst?«

Am Ende des Ganges stiegen die drei Silhouetten mühsam die Treppe hinauf und verschwanden. Die Mädchen waren allein.

»Ich hab Angst«, gestand Lisa.

»Ich auch.«

»Es ist nicht mal die Dunkelheit. Auch nicht so sehr das Loch. Es sind vielmehr – «

»Die Siegel?«, führte Kyra Lisas Satz zu Ende.

»Ja. Ich denke schon. Glaubst du, wir werden sie jemals wieder los?«

Kyras Mutter hatte die magischen Male bis zu ihrem Tod getragen. Daher war es unwahrscheinlich, dass sie je von selbst verschwinden würden.

Trotzdem erwiderte Kyra unentschlossen: »Wer weiß.«

»Ich meine, klar, sie erscheinen nur, wenn eine Gefahr droht«, sagte Lisa. »Aber ist es nicht manchmal besser, nicht zu wissen, dass es gefährlich wird?« Sie lächelte nervös. »Klingt ein bisschen verrückt, oder?«

»Ich weiß, was du meinst«, entgegnete Kyra. »Das würde einem die ganze Angst ersparen. Aber es macht einen vielleicht auch unvorsichtig.«

Lisa lachte bitter und deutete auf das Loch und auf die Leiter. »Nennst du das etwa vorsichtig?«

Kyra nahm ihre Hand und tätschelte sie aufmunternd. Sie wusste nicht, was sie darauf hätte erwidern können. Lisa hatte natürlich recht. Manchmal ging Kyra tatsächlich unnötige Risiken ein. Aber es war eine Sache, das zu wissen, und eine ganz andere, es zuzugeben. Vor allem, wenn man sich alle Mühe gab, seiner Mutter nachzueifern – und diese Mutter dummerweise die gefürchtetste Dämonenjägerin seit Jahrhunderten gewesen war.

Sie standen eine Weile lang schweigend im Dunkeln und warteten auf die Rückkehr der Jungen. Besser, sie entschieden zu viert, was sie als Nächstes tun würden. Bei aller Sorge um Doktor Richardson würde es Kyras Vater gewiss nicht recht sein, wenn die Kinder allein ins Untergeschoss der Katakomben stiegen.

Lisa öffnete gerade den Mund, um etwas zu sagen, als ein gellender Schrei ertönte.

Der Schrei einer Frau!

Er kam von unten, aus der Tiefe des Kellers.

Lisa versteifte sich wie einer von Damianos Wasserspeiern.

»War das – ?«

Kyra nickte abgehackt. Eiskaltes Grauen stand ihr ins Gesicht geschrieben. »Doktor Richardson!«

»Dann ist sie wirklich ... da unten?«

Darauf bedurfte es keiner Antwort. Kyra überwand sich und schob die Leiter über die Kante der Öffnung.

Lisa zitterte am ganzen Leib. »Vielleicht haben wir uns getäuscht«, flüsterte sie kleinlaut.

Die Frau kreischte zum zweiten Mal – dann brach ihr Schrei abrupt ab.

Totenstille wehte aus dem Loch empor.

»Sie ist ...«, stammelte Lisa.

»Sag's nicht«, erwiderte Kyra. »Wir müssen nachsehen.«

»Und die anderen?«

»Bis die zurück sind, ist es vielleicht zu spät.«

Das Leiterende stieß in der Tiefe auf Widerstand. Kyra rüttelte prüfend daran, dann nickte sie. »Ich gehe zuerst.«

Lisa blieb stumm. Angstvoll sah sie zu, wie ihre Freundin die oberen Sprossen hinabstieg, ein letztes Mal zu ihr aufschaute und schließlich in der Öffnung verschwand.

Mit ihr verschwand das Licht der Taschenlampe.

Lisa stand plötzlich allein in völliger Dunkelheit.

Schweren Herzens gab sie sich einen Ruck. Dann setzte sie den ersten Fuß auf die Leiter und folgte Kyra in den Abgrund.

Die Schläfer erwachen

»Kommt es mir nur so vor, oder ist es hier unten jetzt wärmer als oben?«, wisperte Lisa, als sie das Ende der Leiter erreichte und auf festen Boden trat.

Kyra hatte ihr den Rücken zugewandt. Sie ließ den Strahl der Taschenlampe voraus in die Finsternis züngeln.

»Wärmer«, wiederholte sie nachdenklich. »Ja, scheint fast so, oder?«

Lisa nickte. Was sie spürte, war jedoch keine angenehme Wärme. Sie fand es eher feucht und stickig. Fast wie in einem Raubtierhaus im Zoo.

Raubtierhaus ...

Das war kein Gedanke, der ihr in diesem Moment allzu großen Mut machte. Nein, absolut nicht.

Auch hier unten lag ein feiner Dunst in der Luft – hätte es hier Fensterscheiben gegeben, wären sie wohl beschlagen. Der Lichtstrahl der Taschenlampe sah aus wie ein Laserschwert aus einem Star-Wars-Film. Lisa hätte in diesem Augenblick eine Menge dafür gegeben, eine Waffe zu besitzen. Genau genommen hätte es auch schon ein Knüppel getan. Irgendetwas, das ihr das Gefühl gab, nicht gar so schutzlos zu sein.

Kyra ging voraus. Wie Chris gemutmaßt hatte, verlief ein Gang von der Öffnung aus nach Norden. Er war nur wenige Meter lang, dann öffnete er sich zu einem tiefer gelegenen Raum. Ein halbes Dutzend Stufen führte nach unten.

»Was ist denn das?«, entfuhr es Kyra. Sie ließ den Schein der Lampe viel zu hastig umherirren, um mehr als vage Schemen der Umgebung zu erkennen.

»Halt das Licht still«, zischte Lisa ihr zu. »Und sei, um Himmels willen, nicht so laut.«

Der Lichtstrahl verharrte – und fiel geradewegs auf eine scheußliche Fratze!

Beide Mädchen schrien auf.

Aus einem breiten Maul ragten messerscharfe Zahnreihen. Schmale Augen starrten verschlagen aus den Schatten einer wulstigen Stirn. Die Haut war pockennarbig, fast porös. Beinahe wie Stein.

Lisa und Kyra atmeten auf. Es *war* Stein.

Sie hatten Damianos unterirdische Werkstatt entdeckt.

Vor ihnen stand einer der Wasserspeier des Bildhauers. Ein Gargoyle. Bei genauerer Betrachtung sahen sie, dass nur der Kopf vollendet war. Der restliche Körper war kaum mehr als ein grob behauener Felsklotz.

Es gab noch mehr dieser halb fertigen Geschöpfe. Sie standen überall, neben halb verfallenen Regalen und Tischen, auf steinernen Podesten und zu beiden Seiten des Eingangs. Hier und da konnte man unter

Bergen von Staub und Schimmel alte Werkzeuge des Meisters erkennen.

Lisa schaute sich fassungslos um. »Glaubst du wirklich, wir sind die Ersten, die seit ein paar hundert Jahren hier hereingekommen sind?«

Kyra hob die Schultern. Dann leuchtete sie vor sich auf den Boden. »Nicht die Allerersten«, flüsterte sie.

Im Staub waren deutlich Fußspuren zu erkennen. Schmale Stiefelabdrücke.

Lisa hatte sofort ein schlechtes Gewissen. Für einen Augenblick hätte sie beinahe vergessen, weshalb sie überhaupt hier waren.

»Doktor Richardson ist in diese Richtung gegangen«, sagte Kyra und folgte mit dem Lichtstrahl den Spuren. Sie führten quer durch die Werkstatt.

Die Mädchen erkannten, dass der Raum einen kreisrunden Grundriss hatte.

In seiner Mitte erhob sich ein Gitterkäfig, der vom Boden bis zur Decke reichte.

Zu ihrer Erleichterung war er leer.

Dann aber sahen sie, dass die Gittertür offen stand.

Ihre Blicke trafen sich. Beiden schoss der gleiche Gedanke durch den Kopf: War etwas aus dem Käfig entkommen? Vielleicht erst gerade eben?

Kyra schluckte, dann näherte sie sich zögernd dem Verschlag.

»Kyra«, flüsterte Lisa entsetzt, aber ihre Freundin ließ sich nicht beirren.

Noch drei Schritte. Noch zwei. Dann stand Kyra vor

der offenen Gittertür. Der Lichtschein geisterte über den Boden zu ihren Füßen.

Lisa hielt vor Aufregung die Luft an.

Kyra straffte sich. »Alles in Ordnung. Der Staub ist unversehrt. Falls hier irgendwann mal etwas war, ist es eine halbe Ewigkeit her.«

Sie kehrte zu Lisa zurück und gemeinsam durchquerten sie auf Doktor Richardsons Spuren den Raum.

An der gegenüberliegenden Wand entdeckten sie eine offen stehende Tür mit schweren Eisenbeschlägen, die in einen weiteren Korridor führte. Der Raubtiergestank war intensiver geworden, ebenso die Schwefeldünste. Zum ersten Mal fragte sich Lisa, ob diese Gerüche wohl giftig waren. Allzu gut erinnerte sie sich an Geschichten über Forscher, die beim Öffnen ägyptischer Felsengräber den Tod gefunden hatten. Was man im Volksmund dem Fluch der Pharaonen zuschrieb, war tatsächlich eine krankhafte Reaktion auf Pilze und Mikroben gewesen, die sich über die Jahrhunderte hinweg in den unterirdischen Grüften gebildet hatten.

Ob es hier etwas Ähnliches gab? Wahrscheinlich war es besser, nicht darüber nachzudenken.

Abgesehen davon hatte Doktor Richardson wohl kaum geschrien, weil sie von einem Pilz angegriffen worden war.

»Sollen wir wirklich noch weitergehen?«, fragte Lisa kleinlaut, als sie den zweiten Korridor betraten.

Kyra gab keine Antwort. Sie hatte ihre Entscheidung längst getroffen. Lisa fügte sich in ihr Schicksal.

Nebeneinander tasteten sie sich vorwärts. Wieder legten sie nur wenige Meter zurück, ehe sich der Gang abermals ausweitete.

Diesmal war es kein runder Raum. Keine Werkstatt. Diesmal war es ein Kerker.

In die Wände zur Rechten und zur Linken waren in Abständen von wenigen Schritten Gittertore eingelassen, keines schmaler als drei Meter. Die Kerkerzellen dahinter lagen in tiefster Finsternis. Kyra leuchtete einige Schritt weit in eine hinein, zog den Lichtstrahl aber geschwind wieder zurück, als sie nicht sofort auf eine Rückwand stieß. Es schien sich eher um Tunnel als um Zellen zu handeln. Sie waren bestimmt nicht kürzer als zehn Meter.

Der Mittelgang erstreckte sich schier endlos geradeaus. Im schwachen Schein der Taschenlampe zählten Kyra und Lisa auf jeder Seite mehr als ein Dutzend Gittertüren. Aber sie zweifelten nicht, dass es außerhalb des Lichts noch viel mehr davon gab. Hunderte vielleicht.

»Sieh mal«, meinte Lisa plötzlich.

Kyra folgte ihrem Blick und entdeckte in der Wand ein großes Metallrad; es sah aus wie die Steuerräder auf alten Segelschiffen. Es war mit einem komplizierten Mechanismus aus Eisenstangen und Zahnrädern verbunden, der oberhalb der Gittertüren an der Decke entlang verlief. Offenbar war es mithilfe dieses Rades möglich, alle Gitter auf einen Schlag zu entriegeln. Kyra sprach den Gedanken laut aus.

»Warum sollte jemand das tun?«, fragte Lisa.

»Die Riegel sind nur eine zusätzliche Absicherung«, entgegnete Kyra. »Sieh dir die Schlösser an. Man braucht trotzdem einen Schlüssel, um die Türen zu öffnen.«

Lisa näherte sich dem erstbesten Gitter und schnüffelte in die Dunkelheit dahinter. Angeekelt verzog sie das Gesicht. »Mir wird schlecht.«

»Na komm, reiß dich zusammen.«

»Das stinkt genauso wie oben, als wir die Falltür geöffnet haben.«

Kyra trat vorsichtig an die Gittertür und zog daran. Erleichtert stellte sie fest, dass der Zugang verschlossen war.

»Trotzdem«, sagte sie schließlich, nachdem sie das Schloss genauer untersucht hatte, »die Riegel sind offen.«

»Du meinst – «

»Jemand hat an dem Rad gedreht und die Gitter entriegelt.«

»Doktor Richardson?«

Kyra fuhr mit dem Finger über den offenen Riegel. »Die Schleifspuren sind frisch. Sie muss es gewesen sein.«

»Was hätte das für einen Zweck gehabt? Sie hatte ja doch keinen Schlüssel, um die Türen ganz aufzuschließen.«

Kyra ließ den Lichtstrahl über die Spuren am Boden fächern. Hier führten die Abdrücke in beide Richtun-

gen. Ganz so, als wäre jemand den Mittelgang hinuntergegangen, dann zurückgekehrt, um sich schließlich abermals umzuwenden und einen neuen Versuch zu wagen.

»Kein Schlüssel, ja?«, fragte Kyra zweifelnd und zeigte auf einen langen Haken, der neben dem Rad in der Wand befestigt war. Darunter hatten Füße den Staub aufgewühlt. Es fiel nicht schwer, sich vorzustellen, dass dort bis vor Kurzem ein Schlüsselbund gehangen hatte.

Jetzt war er fort.

Lisas Magen zog sich zu einem steinharten Klumpen zusammen. Ihr war übel, und sie hatte das Gefühl, dass sie dringend aufs Klo musste.

Kyra fuhr herum und leuchtete abermals den Kerkergang hinunter. Das Licht reichte gerade zehn Schritte weit, dahinter war die Finsternis dicht wie schwarzer Nebel.

Aus der Dunkelheit ertönte ein schleifendes Geräusch. Wie von etwas Großem, das über den staubigen Boden gezogen wurde.

Kyra machte einen Schritt nach vorne. Lisa wollte sie voller Entsetzen an der Schulter zurückhalten, doch Kyra schüttelte ihre Hand ungeduldig ab. Das Erbe ihrer Mutter gewann die Oberhand und brachte ihre Neugier zum Kochen.

»Warte!« Lisa hätte sie am liebsten zurückgerissen und ans Tageslicht gezerrt. »Du darfst nicht einfach weitergehen.«

Kyra schaute sich nicht zu ihr um. »Du kannst ja hier warten.«

»Worauf? Dass ich dich und Doktor Richardson um die Wette schreien höre?«

»Es würde mich sehr wundern, wenn Doktor Richardson überhaupt noch mal schreien würde ... schreien *könnte*.«

Dann schwieg sie, ging einfach weiter den Gang hinunter, ohne ihre Freundin länger zu beachten.

Manchmal kam es Lisa vor, als existierte in Kyra tatsächlich ein Teil ihrer toten Mutter weiter, ein Stück ihrer Seele – oder ihr Geist. In solchen Momenten benahm sich Kyra nicht mehr wie eine Zwölfjährige. Sie handelte gegen alle Vernunft, gegen alles, das irgendwie erklärbar war. Ihr Verhalten folgte Gesetzen, die jenseits dessen lagen, was Lisa und die anderen nachvollziehen konnten. War es Mut? War es Tapferkeit? Oder schlicht und einfach Wahnwitz?

Wahrscheinlich von allem ein wenig.

Lisa zögerte noch einige Herzschläge länger, dann setzte sie mit drei, vier entschlossenen Schritten hinter Kyra her. Sie holte sie auf Höhe der vierten Gittertür ein.

Kyra hielt die Taschenlampe starr geradeaus. Wartete angespannt, dass sich etwas aus der Dunkelheit schälte.

Das Schleifen brach für ein paar Sekunden ab. Dann begann es von Neuem. Es klang jetzt viel näher.

»Was, zum Teufel, ist das?«, wisperte Kyra.

»Ich glaube nicht, dass ich das wirklich wissen will«, gab Lisa zurück.

Um sich abzulenken, zählte Lisa im Stillen die Türen. Sie passierten die zehnte, die elfte. Hinter keinem der Gitter regte sich etwas.

Schließlich aber sahen sie es.

Ungefähr zwei Atemzüge lang. Dann flackerte plötzlich das Licht der Taschenlampe – und erlosch. Kyra schüttelte die Lampe fluchend hin und her. Lisas Herz blieb fast stehen. Stumm sandte sie ein Stoßgebet zur schwarzen Kerkerdecke empor.

Die Glühbirne glomm erneut auf, allerdings kaum noch halb so hell wie zuvor. In spätestens zwei, drei Minuten würde das Licht endgültig ausgehen.

»Hast du das – ?«, begann Lisa und wurde von Kyra unterbrochen:

»Ich hab's gesehen. Eines der Gitter ist offen.«

Jetzt, da das Licht an Intensität verloren hatte, war die offene Gittertür wieder im Dunkeln verschwunden. Der Lichtkreis war enger geworden, flimmerte jetzt nur noch in mattem Gelb. Sie mussten noch näher heran, um wieder in Sichtweite zu gelangen – was Lisa wie ein Selbstmordkommando vorkam.

Trotzdem ging sie weiter, beinahe willenlos. Ohne Kyra und ohne das Licht wäre alles nur noch schlimmer geworden.

»Die Lampe geht aus«, jammerte Lisa. »Wir müssen umkehren.«

»Gleich. Nur noch das kleine Stück.«

Die Tür kam wieder in Sicht. Ein uralter Schlüsselbund baumelte am Schloss. Der Gitterflügel stand weit offen. Die schleifenden Laute drangen aus dem Kerker dahinter.

Der Lichtschein flackerte wieder wie eine Kerze im Abendwind. Lisa sah sich in Gedanken schon allein in völliger Finsternis stehen, gleich vor dem offenen Gitter, während das Schleifen immer näher kam und näher ...

Sie traten an das offen stehende Gitter heran. Kyra hob die Lampe und leuchtete mehr schlecht als recht ins Innere der Tunnelkammer. Das Flimmern reichte kaum mehr drei, vier Meter weit, geschweige denn bis zur Rückwand.

Aber etwas anderes wurde in dem schwachen Schein sichtbar.

Etwas, das davongezerrt wurde. Ein Hauch von Gelb, der mit den Schatten verschmolz.

Und dahinter – groß, so entsetzlich groß – eine Silhouette.

Erst glaubte Lisa, es sei einer von Damianos Wasserspeiern. In der Tat hatte das Wesen die gleichen verschobenen Proportionen, die gleiche massige Erscheinung.

Doch dieser Wasserspeier bewegte sich.

Ein lebender, atmender, hungriger Gargoyle!

Kyra und Lisa schrien gleichzeitig auf. Wirbelten herum. Rannten los.

Die Schwärze hinter den Gittertüren war nicht länger leer. Mit einem Mal entstand überall Bewegung. Umrisse tauchten aus den Schatten empor, manche schlaftrunken, andere blitzschnell. Rechts und links des Korridors waren plötzlich Pranken, die zwischen den Gittern hervorstießen, zupackende Klauen. Finger, dick wie junge Baumstämme, mit rauer Lederhaut überzogen. Krallen, einige abgenagt, viele so scharf wie Rasierklingen.

Seit Jahrhunderten hatten diese Wesen geschlafen. Damianos Modelle. Die lebenden Vorbilder seiner Kunst.

Hatten geschlafen und geträumt, gepeinigt von Visionen von frischem, warmem Fleisch. Von Freiheit. Endlich wieder Freiheit!

Die Schreie hatten die Schlafenden geweckt. Zuerst das Brüllen der Frau, dann das schrillere Kreischen der Mädchen.

Jetzt waren sie wach. Und sie verlangten nach Nahrung. Nach Bewegung. Nach Freisein unter endlosem Himmel.

Lisa und Kyra rannten, so schnell sie nur konnten. Bückten sich unter vorschnellenden Klauen, sprangen über klebrige Zungen wie von Riesenfröschen.

Immer noch erwachten neue Gefangene, sprangen vor, rüttelten unter wahnsinnigem Geschrei an den Gittern. Wie Äste eines lebendigen Waldes ragten Finger, Fühler, ganze Arme zwischen den Stäben hervor, tasteten vergeblich nach den beiden Mädchen.

Hinter Kyra und Lisa ertönte das Klirren des Schlüs-

selbundes. Dann wurde krachend eine Tür aufgeschleudert. Noch eine. Und noch eine.

Diese Wesen besaßen Intelligenz. Sie wussten, was mit den Schlüsseln zu tun war. Sie befreiten einander. Und sie nahmen die Verfolgung ihrer Opfer auf.

Lisa folgte dem flimmernden Schein der Taschenlampe, ein Irrlicht, das vor ihnen über den Boden zuckte. Nicht nachdenken. Nicht zögern. Nur reagieren. Laufen, springen, sich bücken. Überleben.

Sie hatten die Werkstatt fast durchquert. Noch zwei Meter, noch einer ...

Die Batterien waren am Ende.

Diesmal gab es kein erneutes Flirren, keine letzte Gnadenfrist. Die Schwärze kroch aus Spalten und Winkeln hervor wie ein Ameisenheer.

Das Licht erstarb.

Der schlimmste Fehler

Chris hielt sich nicht erst mit den Sprossen auf, als er die Schreie der Mädchen hörte. Ohne zu überlegen, glitt er an den Griffleisten der Leiter in die Tiefe. Der grelle Strahler, den er aus dem Jeep mitgebracht hatte, fraß eine Glutbahn in die Dunkelheit.

Jemand raste auf ihn zu.

»Lisa! Kyra!«

Beide sagten kein Wort. Rissen nur an seinem Sweatshirt, an seinen Armen. Zerrten ihn mit sich zur Leiter.

Von oben packte Nils Kyras Hände und zog sie aus dem Loch. Danach kam Lisa an die Reihe, zuletzt endlich Chris.

»Die Platte!«, schrie Kyra mit sich überschlagender Stimme. »Wir müssen die Öffnung verschließen!«

Die Jungen stellten keine Fragen. Das Poltern und Rumpeln in der Tiefe nahm alle Antworten vorweg. Es klang, als tobe eine Armee von Riesen aus den Katakomben herauf.

Nils gab der Leiter einen Stoß, sodass sie im Abgrund verschwand. Dann packten sie zu viert die Platte. Chris glaubte, noch etwas zu sehen, Sekundenbruchteile, bevor sich die Öffnung schloss. Etwas Großes, mit Fängen so lang wie Brotmesser.

»Wie lange wird sie das aufhalten?«, brachte Lisa atemlos hervor.

»Eine Minute. Zwei. Vielleicht auch überhaupt nicht.« Kyra verschwendete keine Zeit. Sie sprang auf und fuchtelte mit der erloschenen Taschenlampe Richtung Ausgang.

Die vier hasteten los.

Von unten schlug etwas gegen die Bodenplatte. Alle hörten, wie der Stein knirschte. Ein zweiter Schlag ertönte. Etwas zerbarst. Splitter prasselten zu Boden.

Chris schaute zurück und wünschte sogleich, er hätte es nicht getan. Im umherhuschenden Schein des Strahlers sah er einen schuppigen Arm, der durch die Platte brach. Blitzende Klauen wirbelten ins Leere. In einer Geste abgrundtiefen Zorns ballten sie sich zu einer Faust, groß wie ein Pferdeschädel.

Die Freunde erreichten den Gang, der zur Treppe führte. Frische Luft wehte ihnen entgegen. Keuchend sprangen sie die Stufen hinauf, gelangten ins Freie.

Einen Augenblick lang war das Tageslicht überwältigend. Beinahe hätte es sie getäuscht: Ganz kurz kam es den Kindern vor, als sei alles, was sich in den Katakomben abgespielt hatte, nur ein Traum gewesen. Die Helligkeit war wie ein Schlag, vor allem für Kyra und Lisa.

Aus dem Treppenschacht drang dumpfer Lärm empor. Ein Donnern wie von einem Vulkan, der zu neuer Aktivität erwacht.

Aber es war keine Lava, die aus der Tiefe heraufquoll. Lava lebt nicht, schreit nicht, spürt keinen Hunger. Lava ist ohne Verstand.

Nichts davon traf auf die Kreaturen zu, die sich jetzt einen Weg ins Freie suchten. In spätestens ein, zwei Minuten würden sie den Schock ihrer neuen Freiheit überwunden haben.

»Wie viele?«, stammelte Nils, als sie weiterliefen, quer durch die Ruinen der Kapelle. Vor ihnen schimmerte das Grün des Innenhofs durchs offene Portal.

»Viele«, gab Kyra atemlos zurück. »Dreißig, vierzig, fünfzig. Vielleicht auch fünfhundert.«

Aber dann, als Kyra zurückschaute, war es nur ein Einziger, der die Stufen hinaufkam. Der Gargoyle übertraf alles an Scheußlichkeit, was ihr bisher unter die Augen getreten war.

Er war mindestens drei Meter groß und massig wie ein Ochse. Er stand auf zwei Beinen und stützte sein Gewicht zusätzlich mit einem langen Schwanz, ähnlich dem eines Alligators. Seine Haut hatte die Farbe von verfaultem Seetang, darunter zeichneten sich kraftvolle Muskelstränge ab. Zwei mächtige Hörner saßen auf seinem Eidechsenschädel. Als er das Maul aufriss, schoss eine schwarze Zunge hervor, lang und flink wie eine Lederpeitsche. Aus seinem Rücken stachen gewaltige Fledermausschwingen.

Der Gargoyle zögerte noch, ehe er die Verfolgung der Freunde aufnahm. Prüfend öffnete er seine Flügel, ließ sie zweimal auf- und zuklappen; sie hatten eine Spannweite von mehr als sechs Metern. Aus geschlitzten Pupillen musterte er seine Umgebung, vielleicht auf Gefahren lauernd, vielleicht auch nur aus Neugier.

Doch was für Gefahren hatte solch ein Wesen schon zu fürchten? Kyra fiel kaum eine ein, die weniger Schaden anrichtete als eine Wasserstoffbombe.

Sie fuhr herum und wandte sich wieder ihrem Fluchtweg zu. Die Freunde liefen unter dem Torbogen hindurch, durchquerten dann den Innenhof der Abtei.

Hinter ihnen begann der Boden zu beben, als der Gargoyle sich in Bewegung setzte. Seine Größe und Grobschlächtigkeit täuschten – er war weit schneller, als sein Anblick vermuten ließ. Mit donnernden Schritten stampfte er durch die Kapelle, hinter den fliehenden Freunden her.

»Wohin?«, brüllte Nils.

»Zum Jeep!«, erwiderte Chris. Dann blickte er zu Kyra hinüber: »Oder?«

Sie konnte keine Antwort geben. Der Schreck saß ihr immer noch zu tief in den Gliedern.

Atemlos liefen sie durch den Tunnel, der durch den Westflügel des Klostergemäuers ins Freie führte. Der Lärm ihrer Schritte wurde von den Steinwänden zurückgeworfen. Am hellen Ende der Röhre konnte Kyra schon den Wagen erkennen. Er war genauso knallgelb wie die Kleidung von ...

Nein, nicht an Doktor Richardson denken! Kein Gedanke an das, was mit ihr geschehen war! Es würde sie nur lähmen, würde ihre Flucht zu einem schnellen Ende bringen.

Sie erreichten das Ende des Tunnels. Professor Rabenson blickte von seinem bandagierten Knie auf und schaute ihnen verwundert entgegen.

»Was ist denn – «, begann er, aber Kyra ließ ihn nicht ausreden.

»Rück hinters Steuer! Schnell!«

Ihr Vater saß auf dem Beifahrersitz, weil dort mehr Platz war, um das verletzte Bein auszustrecken. Er machte keinerlei Anstalten, Kyras Aufforderung nachzukommen.

»Aber was – «

»Frag nicht!«, rief Kyra ihm entgegen. »Mach schon, beeil dich. Du musst den Motor starten.«

Aber es war offensichtlich, dass er es nicht schnell genug schaffen würde. Das geschwollene Knie über den Schaltknüppel zu hieven würde mindestens eine oder zwei Minuten dauern.

»Ich mach das schon!«, verkündete Chris entschlossen. Er wurde noch schneller, rannte an den anderen vorüber und sprang auf den freien Fahrersitz. Professor Rabenson staunte nicht schlecht, als Chris den Schlüssel herumdrehte und den Motor anließ.

Kyra, Nils und Lisa hechteten auf die Ladefläche des offenen Jeeps. Ein Blick zurück verriet ihnen, dass der Gargoyle gerade durch den Tunnel tobte. Sein nachtschwarzer Umriss hob sich scharf gegen den hellgrünen Innenhof ab. Noch lagen zwischen ihm und dem

Wagen mehr als dreißig Meter, aber das Wesen holte rasend schnell auf.

»Du kannst Auto fahren?«, rief Kyra über ihre Schulter nach vorne.

»Nein«, entgegnete Chris verbissen. »Wie kommst du darauf?«

Und damit trat er aufs Gaspedal, rammte es nach unten bis zum Anschlag. Der Jeep machte einen Satz. Die Kinder auf der Ladefläche purzelten schreiend durcheinander. Der Wagen ruckelte noch ein-, zweimal, dann erstarb der Motor.

Der Gargoyle kam näher. Jetzt hatte ihn auch Kyras Vater entdeckt. Der Professor hatte im Laufe seiner Forscherkarriere schon so manche Unfassbarkeit erlebt, hatte Wesen gesehen, die als ausgestorben oder als Hirngespinste galten. Es war beneidenswert, wie schnell er seinen Schock überwand.

»Los!«, brüllte er Chris an. »Dreh den Schlüssel!«

Erneut sprang der Wagen an.

»Kupplung durchtreten«, kommandierte Professor Rabenson. »Jetzt das Pedal langsam zurückkommen lassen. Ja, genau so. Und dabei vorsichtig Gas geben.«

Augenscheinlich unternahm Chris nicht zum ersten Mal den Versuch, ein Auto zu starten. Tatsächlich gelang es ihm diesmal, den Wagen ins Rollen zu bringen.

Der Gargoyle verließ den Tunnel.

»Schneller!«, brüllte Lisa voller Entsetzen.

»Aufs Gas«, wies Professor Rabenson Chris an. »Und bleib ganz ruhig. Du machst das sehr gut.«

Der Jeep gewann an Geschwindigkeit. Zweimal noch wies der Professor Chris an, auf die Kupplung zu treten – er selbst schaltete dabei erst in den zweiten, dann in den dritten Gang. Die Tachonadel stieg auf vierzig Stundenkilometer. Der Wagen rumpelte über den zugewucherten Weg, der zum Tor der Umzäunung führte. Bei jeder Wurzel wurden die Insassen nach oben geschleudert, ihnen allen peitschten tief hängende Äste ins Gesicht.

»Du musst noch schneller fahren!«, rief Nils.

»Schneller geht's nicht«, gab der Professor zurück. »Der Weg ist zu uneben. Wir werden umkippen oder gegen einen Baum knallen.«

Lisas Stimme klang panisch. »Aber er holt auf!«

Tatsächlich verminderte der Gargoyle seinen Abstand zum Jeep immer mehr. Zum Glück hielt ihn der enge Hohlweg durchs Dickicht davon ab, seine Schwingen einzusetzen. Aber auch zu Fuß war er schneller als der Wagen. Ihr Vorsprung betrug nur Sekunden.

Chris gab sich alle Mühe, das Steuer gerade zu halten, doch die Erschütterungen machten das nahezu unmöglich.

Immer wieder raste der Jeep um Haaresbreite an Zypressen und Baumstämmen vorüber, riss Zweige ab und schlenkerte heillos von einer Seite zur anderen. Kyra wusste kaum noch, was sie mehr fürchten sollte: die Kreatur, die ihnen folgte, oder Chris' Fahrkünste.

Wenn das eine sie nicht umbrachte, würde es zweifellos das andere tun.

»Da kommen noch mehr!«, schrie Lisa plötzlich.

Kyra wirbelte herum. »Wo?«

Nils deutete nach hinten. Sein Arm wippte durch die rumpelnde Fahrt wild auf und ab. »Da! Ich hab sie auch gesehen. Sie sind hinter dem anderen.«

Tatsächlich! Nun entdeckte auch Kyra sie. Wenn sich der vordere Gargoyle unter den tiefen Ästen bückte, konnte man sehen, dass ihm zwei weitere Kreaturen folgten. Sie waren kleiner als er, ihre Umrisse fast zierlich. Dafür hatten sie lange Schnauzen wie Krokodile, aus denen rundherum fingerlange Zähne ragten. Auch sie besaßen Schwingen, zerfetzte, verkümmerte Flughäute.

Chris trat das Gaspedal noch weiter durch. Professor Rabenson protestierte lautstark, doch seine Worte gingen im Lärm des aufjaulenden Motors unter. Der Jeep gewann abermals an Tempo und vergrößerte zum ersten Mal seinen Vorsprung.

Über ihnen, jenseits des dichten Blätterdachs, verdunkelte ein gewaltiger Umriss den Himmel. Heftige Windstöße rissen die Zweige auseinander. Kyra gelang es, einen flüchtigen Blick auf das zu erhaschen, was über den Baumwipfeln vorüberzog.

Ein geflügelter Gargoyle!

Größer noch als der erste, fast so wie ein Drache.

»Er schneidet uns den Weg ab!«, schrie sie, um den Motor zu übertönen.

Doch selbst wenn Chris sie gehört hätte, hätte es keinen Unterschied mehr gemacht. Das Dickicht rechts und links des Hohlweges war zu dicht, auch gab es keine Abzweigungen. Sie konnten nur geradeaus fahren oder anhalten – und dann würden ihre drei Verfolger über sie herfallen.

Vor ihnen rückte das Gestrüpp noch einmal besonders eng zusammen. Dahinter endete der Park. Jenseits einer freien Fläche lagen das Tor und der Starkstromzaun.

Über dem Platz vor dem Tor schwebte ein monströser Schatten.

»Er wartet auf uns!«, entfuhr es Professor Rabenson.

»Sag ich doch!« Kyra schaute sich nach hinten um. Ihre Verfolger waren zurückgeblieben, Laub und Astwerk verbargen sie vor ihren Blicken. »Wir müssen abspringen!«

»Abspringen?«, riefen alle anderen im Chor.

Kyra nickte hektisch. »Chris, fahr langsamer! Und dann springen wir alle rechts und links ins Gebüsch.«

»Und der Jeep?«, brüllte Chris nach hinten.

»Fährt allein weiter!«

Professor Rabenson begriff, was sie vorhatte. »Das ist völlig verrückt.« Er warf einen wehleidigen Blick auf sein Knie. »Und so wie's aussieht, unsere einzige Chance.«

Nils und Lisa sahen sich fassungslos an.

»Was –«, begann Nils entsetzt, doch Kyra brachte ihn mit einer barschen Handbewegung zum Schweigen.

»Tu's einfach«, verlangte sie scharf.

Chris verlangsamte die Geschwindigkeit. Ganz kurz brachte er den Wagen fast auf Schritttempo. Kyra, Nils und Lisa sprangen von der Ladefläche, krochen stolpernd ins Unterholz. Professor Rabenson folgte ihnen mit einem wilden Aufschrei; irgendwie gelang es ihm, sein beträchtliches Gewicht so zu verlagern, dass der Schmerz in seinem verletzten Bein ihm nicht die Besinnung raubte.

Nur Chris blieb sitzen. Er trat aufs Gas.

»Chris!«, schrie Kyra. »Du musst springen.«

Er aber beschleunigte den Jeep nur noch weiter. Erst im letzten Moment, als der Wagen schon fast die Grenze des Dickichts erreicht hatte, ließ er sich seitlich aus dem Jeep fallen und verschwand wie eine Kanonenkugel im Unterholz.

Der Wagen raste ins Freie.

Eine riesige Kreatur – fünf, sechs Meter lang – stieß aus der Luft herab. Blitzschnell stürzte sie sich auf den Jeep, verkrallte sich in der Karosserie wie ein Greifvogel im Rücken einer Feldmaus. Ihre Lederschwingen klatschten zu beiden Seiten gegen Blech und Kunststoff.

Der Gargoyle machte keinen Unterschied zwischen Opfern aus Fleisch und aus Metall. Wutentbrannt zerrte er an den Seitenteilen des Jeeps, während dieser immer weiter fuhr, einen Schlenker machte und geradewegs auf den Zaun zuraste.

Mit einem ohrenbetäubenden Bersten krachte das

Gefährt in das Stahlgitter. Elektrische Entladungen ergossen sich über den Wagen und den Gargoyle. Funken stoben in alle Richtungen. Die Reifen drehten durch und platzten. Einen Moment lang sah es aus, als würden Wagen und Kreatur von weißen Flammen umhüllt.

Dann verebbte das Feuerwerk.

Der leblose Gargoyle hing mit ausgebreiteten Schwingen über dem Autowrack. Schwarzer Rauch kräuselte sich aus Rissen in seiner Schuppenhaut.

»Wir müssen Chris helfen«, stammelte Lisa.

Kyra nickte – um im nächsten Augenblick durch nahen Lärm eines Besseren belehrt zu werden. Ihre drei Verfolger holten auf.

»Zurück!«, zischte Professor Rabenson.

Er und die drei Kinder krochen widerstrebend nach hinten, tiefer ins schützende Dickicht. Chris war irgendwo auf der anderen Seite des Weges gelandet. Bei der hohen Geschwindigkeit, die der Jeep bei seinem Absprung gehabt hatte, konnte er sich durchaus ein paar Knochen gebrochen haben. Oder das Genick.

Aber sie konnten jetzt nicht auf die andere Seite laufen. Die drei Gargoyles würden sie unweigerlich entdecken.

Der Schatten der vorderen Kreatur legte sich auf die kauernden Gefährten, huschte dann an ihnen vorüber. Die stampfenden Schritte des Gargoyles ließen Erde und Bäume erzittern. Auch die beiden kleineren Wesen sprangen an dem Versteck vorüber. Alle drei hatten nur

Augen für das, was aus ihrem Artgenossen geworden war. Sie verstanden nicht, was geschehen war. Elektrizität und ihre Wirkung waren ihnen fremd.

Kyra und die anderen schauten vorsichtig zwischen den Ästen hervor. Sie sahen zu, wie sich die drei monströsen Kreaturen dem Wrack näherten. Ein Geruch wie von verbranntem Fisch wehte zu den Freunden herüber.

»Los, nun macht schon«, flüsterte Nils gebannt.

Und, tatsächlich, die Gargoyles taten ihm den Gefallen.

Alle drei begannen nahezu gleichzeitig, am Kadaver ihres Artgenossen zu ziehen und zu zerren, so, als wollten sie ihn aufwecken. Sofort sprang der tödliche Strom auf sie über. Der Gestank wurde unerträglich.

Eilig wandten die Freunde ihre Blicke von den qualmenden Monsterkörpern ab. Keines der Wesen hatte überlebt.

»Wir müssen Chris suchen!«, rief Lisa. Bevor irgendwer sie aufhalten konnte, sprang sie schon aus den Büschen, überquerte den Weg und lief zu der Stelle, an der Chris im Dickicht verschwunden war.

»Lisa, warte!«, rief ihr Bruder besorgt und folgte ihr.

Kyra blickte hinüber zur Ausfahrt, dann auf ihren Vater. »Ich helfe den anderen. Mach du schon mal das Tor auf.«

»Wenn du mir sagst, womit«, erwiderte er und massierte sich zaghaft das Knie.

»Mit der Fernbedienung natürlich. Der aus dem Jeep.«

Kyra hatte die letzten Worte kaum ausgesprochen, als sie auch schon begriff, was los war.

Ihr Vater hatte die Fernbedienung gar nicht! Niemand hatte in der Eile des Absprungs daran gedacht, auch er nicht. Jetzt lag das Gerät irgendwo im Wrack des Jeeps, umzuckt von tödlichen Entladungen, begraben unter dem Kadaver des Fluggargoyles.

Sie konnten das Tor nicht mehr öffnen. Sie waren gefangen.

Gemeinsam mit Hunderten von hungrigen Gargoyles.

Gegen die Zeit

Chris?« Lisa schaute sich mit Tränen in den Augen um. »Wo bist du, Chris?«

Nils stieß von hinten zu ihr. Gemeinsam betrachteten sie die Schneise, die Chris' Körper beim Sturz in das Unterholz gerissen hatte. Beide waren ratlos und verzweifelt.

Auch Kyra trat hinzu. Ihr Vater humpelte hinter ihr her, auf einen langen Ast gestützt.

»Wo steckt er?«, fragte sie.

Lisa folgte der Schneise bis zu ihrem Ende. »Hier muss er gelegen haben.«

Nils wurde bleich. »Glaubt ihr, die Gargoyles haben ihn …?«

In einem Anflug von Panik wirbelten alle herum, betrachteten argwöhnisch die Umgebung. Jeder rechnete mit einem plötzlichen Angriff.

Doch die Büsche blieben ruhig. Keine Pranken, die das Geäst auseinanderrissen. Kein stinkender Raubtieratem, der die Blätter zum Welken brachte.

Kyra trat an den beiden Geschwistern vorbei und teilte das Dickicht am Ende der Schneise.

»Hier sind Spuren«, stellte sie fest.

Lisa war sofort bei ihr. »Sie führen zurück zum Kloster ... Scheiße, was ist denn in den gefahren?«

»Wahrscheinlich hat er sich beim Sturz das Hirn angeschlagen«, bemerkte Nils missmutig.

Kyra schüttelte den Kopf. Chris musste gesehen haben, dass die Fernbedienung noch im Jeep gelegen hatte – zu spät, um selbst danach zu greifen. Und jetzt tat er das einzig Richtige: Er lief zurück zum Kloster, um das zweite Gerät zu finden.

In wenigen Worten erzählte sie Lisa und Nils, dass sie das Tor im Augenblick nicht öffnen konnten. Beide wurden kreidebleich, sagten aber nichts. Sogar Nils, der sonst immer schnell mit Vorwürfen zur Hand war, hielt sich zurück.

»Und du glaubst, er will die Fernbedienung von Doktor Richardson holen?«, fragte Lisa schließlich.

»Ihr wisst doch, wie er ist. Wahrscheinlich hat er ein schlechtes Gewissen, weil er nicht daran gedacht hat, das Ding aus dem Wagen mitzunehmen.«

»So ein Unsinn!«, entfuhr es Lisa erbost. »Keiner von uns hat dran gedacht.«

Kyra zuckte die Achseln. »Jemand, der Chrysostomus Guldenmund heißt, kann gar kein unkomplizierter Mensch sein.«

Chrysostomus war Chris' voller Name. Sein Vater hatte gerade als Diplomat in Griechenland gearbeitet, als sein Sohn geboren wurde. Chrysostomus war griechisch und bedeutete goldener Mund, eine Übersetzung seines Nachnamens.

»Wir müssen hinterher«, entschied Kyra.

Der Professor räusperte sich. »Ich glaube nicht, dass ich allzu weit laufen kann.« Er stützte sich mit der Hand gegen einen Baumstamm, hob seine Astkrücke und fuchtelte damit hilflos in der Luft. »Aber ich kann euch doch auch nicht allein gehen lassen …«

»Klar kannst du«, widersprach Kyra. »Wir schaffen das schon.«

Nils sah nicht aus, als sei auch er dieser Ansicht. Er seufzte leise.

»Sie müssen sich hier verstecken«, sagte Lisa zum Professor. »Wenn wir zurückkommen, holen wir Sie wieder ab.«

Kyra stimmte zu. »Das ist das Beste. Du würdest uns nur aufhalten.«

Ihr Vater lächelte gequält. »Oh, recht herzlichen Dank, junge Dame.« Kyra umarmte ihn, vorsichtig, damit sie nicht an sein Knie stieß. »Das ist doch nicht deine Schuld«, sagte sie leise. »Komm, wir suchen einen Platz, wo dich keiner findet.«

Nils schaute sich um. Er entschloss sich für die Richtung, die zum Zaun führte, und zerrte das Laubwerk auseinander.

Dann stieß er einen gellenden Schrei aus.

Zwischen den Ästen glotzte die groteske Fratze eines Gargoyles auf ihn herab.

Kyra fing sich als Erste. »Der ist nur aus Stein. Darauf sind Lisa und ich unten in der Werkstatt auch schon reingefallen.«

Nils atmete tief durch. »Tut mir leid. Einen Moment lang dachte ich ...«

»Schon gut«, besänftigte ihn Kyra. »So geht's uns allen.«

Sie halfen dem Professor, sich am Fuß der Statue ins Unterholz zu setzen. Dann zogen sie die Äste vor ihm zusammen wie einen Vorhang.

»Sitzt du gut?«, fragte Kyra.

»Wie im Kaschmirsessel eines Ölscheichs«, erklang es dumpf jenseits der Blätter. »Obwohl mir ein Schleudersitz lieber wäre.«

Kyra lächelte. »Bis später.«

»Viel Glück!«, rief der Professor.

»Ja«, meinte Nils leise, »das werden wir brauchen.«

Die drei machten sich auf den Weg. So leise wie möglich kehrten sie auf den Pfad zurück, der das Kloster mit dem Haupttor verband. Deutlich waren die Spuren des Jeeps zu sehen, der rechts und links die Äste abrasiert und den Boden aufgewühlt hatte. Auch die Krallenabdrücke der Gargoyles hatten sich tief ins trockene Erdreich gegraben.

Zögernd schauten sie sich um. Soweit der Weg einzusehen war, gab es keine weiteren Verfolger. Verteilten sich die übrigen Kreaturen aus den Katakomben gerade auf dem Gelände der Abtei? Wie viele würden den Tod finden, während sie versuchten, über den Zaun zu klettern? Und wie viele würden einfach darüber hinwegfliegen und ihre Opfer in Saturnia suchen?

Liebe Güte, dachte Kyra, was haben wir getan? Dieser Kerker hätte niemals geöffnet werden dürfen. Was, zum Teufel, hatte sich Doktor Richardson nur dabei gedacht?

Sie hatten kaum fünfzig oder sechzig Meter zurückgelegt, als sie zwischen den Ästen einen dunklen Umriss entdeckten.

»Das ist einer von denen!«, flüsterte Nils alarmiert.

Aber Lisa, die die schärferen Augen besaß, lächelte plötzlich. »Chris!«, entfuhr es ihr erleichtert.

Die Gestalt blieb stehen und drehte sich um. Dann machte sie einige Schritte auf die Freunde zu und trat durch die Blätterwand.

»Ihr hättet warten sollen«, sagte Chris ein wenig atemlos. Er hatte Kratzer auf den Wangen. Seine Kleidung war von dem Sturz völlig verdreckt.

»Warum bist du abgehauen?«, fragte Nils.

»Weil ich's vermurkst habe«, erwiderte er. »Ich wollte – «

»Doktor Richardsons Fernbedienung holen«, führte Kyra seinen Satz zu Ende. »Das wissen wir. Aber meinst du nicht, zu viert ständen unsere Chancen besser? Außerdem: Du hast überhaupt nichts vermurkst. Du hast uns das Leben gerettet.«

Chris schaute beschämt zu Boden. Dann, mit einem Mal erschrocken, fragte er: »Wo ist dein Vater? Es geht ihm doch gut, oder?«

Kyra klärte ihn kurz über alles auf, dann setzten sie den Weg zum Kloster gemeinsam fort. Chris war sichtlich hin und her gerissen zwischen seiner Erleichterung, dass die Freunde bei ihm waren, und seinem gekränkten Ehrgefühl. Kyra fand das ziemlich albern – schließlich waren sie keine Musketiere oder Ritter der Tafelrunde. Außerdem ging es um ihrer aller Leben.

»Was, wenn Doktor Richardson das Gerät bei sich trug, als sie ... sie –« Lisa brach ab. »Na ja, eben als sie im Keller war.«

Chris schüttelte den Kopf. »Das Ding liegt in ihrem Zimmer. Sie hat niemals mehr mit sich herumgeschleppt, als unbedingt nötig war. Das hat sie immer gesagt.«

Kyra verzog den Mund. »Wie sonst hätte sie auch ständig diese kurzen Shorts und knappen Tops tragen können.«

Einen Moment lang schwiegen sie betroffen bei der Erinnerung an die Tote. Dann deutete Nils plötzlich nach vorne.

»Da ist das Kloster.«

Die braunen Mauern waren am Ende des Weges deutlich zu erkennen. Der Tunnel zum Innenhof lag verlassen da. Auch sonst gab es kein Anzeichen von Leben.

»Wo sind die alle hin?«, fragte Lisa mit zittriger Stimme.

Auch den anderen war bei diesem Versteckspiel mehr als unwohl zu Mute. Wenn man einen Gegner sah, konnte man wenigstens vor ihm davonlaufen. So aber schwirrten in ihren Köpfen nichts als Ahnungen einer vagen Bedrohung.

»Vielleicht sind schon alle ausgeflogen«, meinte Nils.

»Die beiden kleinen Gargoyles, die hinter dem großen herliefen, sahen nicht aus, als ob sie fliegen könnten«, entgegnete Lisa.

Kyra stimmte zu. »Ihre Flügel waren verkümmert. Kein Wunder, nach der langen Zeit in den Kerkerlöchern. Ich glaube nicht, dass viele von denen überhaupt noch in die Luft kommen.«

Chris grinste bitter. »Soll uns das nun freuen oder nicht?«

Das war eine berechtigte Frage. Zum einen verminderte das die Gefahr für die Außenwelt, denn über den Starkstromzaun kamen die Kreaturen nicht hinweg. Andererseits aber würde das Abteigelände bald nur so wimmeln von mordlustigen Bestien, die gewiss nicht glücklich darüber waren, hier eingesperrt zu sein.

»Hey«, meinte Nils bitter, »da können wir doch verdammt noch mal froh sein für die Leute in Saturnia! Und wenn wir uns noch freiwillig auffressen lassen, sind die Viecher vielleicht so satt, dass sie nicht mal versuchen werden auszubrechen.«

Alle schwiegen betreten. Erst allmählich wurde ihnen bewusst, wie aussichtslos ihre Lage war.

»Seht mal, da drüben«, sagte Chris, als sie sich nebeneinander an den Rand des Dickichts kauerten und das Klosterportal beobachteten.

Er deutete mit ausgestrecktem Arm auf einen zitronengelben Motorroller, der unweit der Tunnelöffnung an der Mauer stand.

»Doktor Richardsons Vespa«, sagte Nils. »Na und? Wir können ja wohl kaum zu fünft darauf abhauen.«

»Wer redet denn von abhauen?«

»Was denn sonst? Wolltest du eine Spritztour machen?«

Chris schenkte Nils einen finsteren Blick. »Die Monster sind schnell. Verflucht schnell. Und die Unterkünfte liegen im Ostflügel, also auf der anderen Seite. Es ist ein ganz schönes Stück bis dahin.«

Kyra ahnte, welchen Plan er hatte. »Du meinst, einer von uns sollte auf der Vespa durchs Kloster fahren? Ist das dein Ernst?«

»Ich werd's versuchen«, sagte Chris. Sein Tonfall verriet, dass er keinen Widerspruch duldete. »Mit dem Motorroller bin ich vielleicht schneller als die Gargoyles. Auf jeden Fall schneller als zu Fuß.«

»Und ungefähr hundertmal lauter«, wandte Lisa ein. »Die werden sofort wissen, dass du da bist – und wo du bist.«

»Die meisten von denen sind sicher noch im Keller. Vielleicht haben sie Angst vor dem Licht. Ich meine, die waren jahrhundertelang eingesperrt ...«

Chris schaute wieder zu der gelben Vespa hinüber, so, als rase er darauf in Gedanken schon durch die Klostergänge. »Aber wer weiß, wie lange es noch dauert, bis sie sich mit dem Gedanken an Sonnenschein angefreundet haben. Spätestens dann müssen wir hier weg sein. Begreift ihr denn nicht? Wir haben keine Zeit mehr!«

Kyra sah ein, dass er recht hatte. »Gut. Aber warum ausgerechnet du?«

»Weil ich schon auf so einem Ding gefahren bin«, erwiderte er und zeigte auf die Vespa. »Na ja, zumindest auf ein paar Mofas. Nicht in allen Ländern, in denen ich mit meinen Eltern gewohnt hab, sieht man das so streng wie in Deutschland.«

Dagegen ließ sich kaum etwas einwenden. Weder Kyra, Nils noch Lisa wussten, wie man einen Motorroller bedient.

Kyra nickte Chris zu. »Dann versuch's. Und bring alles mit, das uns irgendwie helfen könnte. Doktor Richardson beschäftigt sich schon seit Jahren mit Damiano und seinen Wasserspeiern. Vielleicht steht in ihren Unterlagen irgendwas Nützliches.«

»Okay.«

Nils schenkte Chris ein aufmunterndes Lächeln. »Manchmal bist du ... na ja, ziemlich klasse.«

Dies ausgerechnet von Nils zu hören, mit dem er sich ständig in der Wolle hatte, schien Chris zu irritieren. Dann aber erwiderte er Nils' Grinsen, und alle sahen ihm an, dass er sich über das Lob freute.

Lisa dagegen wirkte bedrückt. »Du passt doch auf dich auf, oder?«

Chris hob die Hand und griff sanft hinter Lisas Ohr, so, als wollte er ihr über das strohblonde Haar streicheln. Dann jedoch zog er die Finger schnell wieder zurück. In seiner Handfläche lag der steinerne Krallenfinger eines Wasserspeiers. »Das steckte hinter deinem Ohr. Behalt's als Glücksbringer.«

Lisa nahm es verwirrt entgegen. »Hinter meinem Ohr?«

Kyra schenkte Chris einen zweifelnden Blick. »Konntest du so was schon immer? Zauberkunststücke, meine ich.«

Er grinste noch breiter und schob sich eine schwarze Haarsträhne aus der Stirn. »Nee, ganz plötzlich. Seit ... ja, seit wir die Siegel tragen.«

Damit wandte er sich ab und lief los, über den schmalen Grasstreifen zwischen Dickicht und Klostermauern, geradewegs auf das Portal und den Motorroller zu.

Seine drei Freunde starrten ihm hinterher, Lisa und Nils angstvoll, Kyra nachdenklich.

Also haben die Sieben Siegel auch Chris verändert, dachte Kyra. Sie hatte sich die ganze Zeit über gefragt, welche Wandlung wohl mit ihm vorgehen mochte.

Lisa war, seit sie die Siegel trug, selbstbewusster geworden, außerdem ein Ass im Lösen von kniffligen Rätseln. Nils hatte seinen früheren Leichtsinn verloren und war jetzt die Vorsicht in Person. Dagegen wurde Kyra mehr und mehr zum Ebenbild ihrer toten Mutter, zumindest innerlich: verbissen im Kampf gegen die Mächte des Bösen, manchmal bis an die Grenze zur Besessenheit.

Und Chris ... nun, er also zauberte plötzlich. Dazu brauchte es ungeheures Fingergeschick. Die Sache mit dem Steinfinger hinter Lisas Ohr war nur ein Scherz gewesen, ein Kinderspiel; aber vielleicht konnte er sein neues Talent auch in ernsthafteren Situationen nutzen. Möglicherweise würde er sie noch das eine oder andere Mal mit seinen neu erworbenen Fertigkeiten überraschen.

Immer vorausgesetzt, die Gargoyles bekamen ihn nicht in die Finger.

Kyra sah, wie Chris ihnen zuwinkte. Das sollte wohl bedeuten, dass der Schlüssel im Zündschloss steckte.

Und, tatsächlich, nur Augenblicke später schwang sich Chris in den Sattel und ließ den Motor an.

Mit durchdrehenden Reifen raste er vorwärts.

Der Tunnel verschluckte ihn wie der Schlund eines Urzeitwesens.

Doktor Richardsons Vermächtnis

Der Motor röhrte auf, als Chris die Vespa durch einen Seiteneingang ins Innere der Ruine lenkte. Knatternd schoss das gelbe Gefährt den verfallenen Korridor entlang. Das Tageslicht blieb zurück. Nur durch leere Türrahmen fiel hier und da ein sanfter Schimmer, in den Räumen dahinter waren die Bretterverschläge vor den Fenstern verrottet und auseinandergebrochen. Seit Jahrhunderten war hier nichts mehr repariert worden.

Chris schaltete den Scheinwerfer des Rollers an. Ein gelber Strahl fraß sich durch die Schatten. Staub wirbelte auf. Immer wieder huschten Ratten vom Gang in die ausgestorbenen Zimmer.

Ein Geruch von Alter und Fäulnis hing in der Luft. Dieser Teil der Klosterruine war offenbar seit Jahren nicht mehr betreten worden. Forscher, die nach San Cosimo kamen, waren meist an den alten Mosaiken und Fresken im Südflügel interessiert, an Damianos Wasserspeiern im Park oder an der Kapelle im Zentrum des Innenhofs. Hierher jedoch kam niemand.

Nicht einmal die Gargoyles.

Wenigstens schien es so. Ungehindert gelangte Chris ans Ende des Korridors, bog nach rechts ab und raste weiter durch den Hauptgang des Nordflügels. Auch hier bot sich ihm das gleiche Bild: knöchelhoher Staub und Schmutz auf dem Boden, offene Türen, an manchen Stellen noch ein leerer Fackelhalter an den Wänden. Möbelstücke oder Zierrat gab es nicht. Was nicht zerfallen war, war schon lange von Räubern davongetragen worden. Erst seit die Universität von Florenz den Elektrozaun hatte errichten lassen, kamen keine unerwünschten Besucher mehr hierher.

In der Mitte des Nordflügels mündete der Korridor in eines der Treppenhäuser. Die Wand zum Innenhof war eingestürzt, Sonnenschein fiel herein.

Inmitten des Lichts saß ein Gargoyle und blickte dem herandröhnenden Motorroller entgegen.

Chris gelang es im letzten Moment, den Lenker herumzureißen. Die Vespa legte sich schräg und schlitterte seitwärts auf das Wesen zu. Keinen Meter von der Kreatur entfernt blieb sie liegen, ihren Fahrer halb unter sich begraben.

Der Körperbau des Gargoyles ähnelte dem eines kleinwüchsigen Menschen. Seine Haut war grau und faltig wie bei einem Elefanten.

Chris hatte als Kind einmal eine Teufelspuppe geschenkt bekommen, eine Handpuppe für ein Kasperlespiel – ihr Gesicht hatte genau so ausgesehen wie das des Gargoyles. Wulstige Lippen und eine spitze Hakennase, dazu Augen, die tief in ihren Höhlen lagen. Aus

der flachen Stirn des Wesens stachen zwei kurze Widderhörner.

Die Kreatur saß im Schneidersitz am Boden, wiegte sich unmerklich hin und her und blinzelte leicht, wohl wegen der ungewohnten Helligkeit.

Chris strampelte wie wild, um unter der umgekippten Vespa hervorzuklettern. Als es ihm endlich gelang, wich er mit schnellen Sprüngen nach hinten zurück. Er hatte sich beide Knie aufgeschürft, sie schmerzten bei jedem Schritt.

Der Gargoyle blieb sitzen. Wiegte sich schweigend vor und zurück. Er schien zu überlegen.

Chris erreichte die Mündung des Korridors und warf einen kurzen Blick über die Schulter. Noch immer nahm das Wesen nicht die Verfolgung auf.

Das Teufelsmaul der Kreatur verzog sich zu einem Grinsen.

Dann streckte sie Chris die Zunge heraus.

Chris traute seinen Augen nicht. Litt er im Angesicht des Todes unter Halluzinationen?

Aber nein, er täuschte sich nicht. Wie ein kleines Kind streckte ihm der Gargoyle die Zunge heraus und machte dabei meckernde Geräusche. Sein grauhäutiger Oberkörper wippte weiterhin vor und zurück.

Chris drehte sich langsam herum. Wenn er jetzt davonliefe, würde er mit leeren Händen zu seinen Freunden zurückkehren – und dann würden sie alle sterben. Also konnte er sein Leben auch gleich aufs Spiel setzen. Wenn es ihm nur irgendwie gelänge, an dem Monster vorbeizulaufen, weiter geradeaus in den nächsten Korridor. Wenn er dabei vielleicht sogar die Vespa vom Boden zerren konnte, sie starten und …

Der Gargoyle zog die Zunge mit einem schlürfenden Laut zurück. Sein Grinsen wurde breiter und breiter, bis es sich fast von einem Ohr zum anderen spannte. Seltsamerweise sah er dabei nicht wirklich bedrohlich aus, eher lächerlich.

Chris erinnerte sich an einen Wasserspeier im Park, der ganz ähnlich ausgesehen hatte. Zugleich fiel ihm ein, dass Doktor Richardson ihm vor zwei Tagen erklärt hatte, dass nicht alle Wasserspeier auf Kathedralen und Kirchen bedrohlich aussahen – manche waren regelrechte Spaßmacher, die Grimassen schnitten und dem Betrachter eine Nase drehten.

Waren gar nicht alle Gargoyles im Keller des Klosters böse und blutrünstig? Gab es genauso welche, die einfach nur darauf aus waren, Streiche zu spielen, auf dem geistigen Niveau von Schimpansen?

Das alles waren völlig neue Gedanken, und Chris brauchte eine Weile, ehe er endlich einen Entschluss fasste.

Langsam setzte er sich in Bewegung. Er machte nicht erst den Versuch, den Gargoyle zu umrunden. Stattdessen ging er geradewegs auf ihn zu – und auf die Vespa, die unmittelbar vor ihm am Boden lag.

Das Wippen des Wesens blieb ruhig und gleichmäßig. Ein leises Gurren drang zwischen seinen zusammengepressten Lippen hervor, wie von einer Taube.

Sein freches Grinsen blieb unverändert, seine Augen folgten jeder von Chris' Bewegungen.

»Ganz brav«, flüsterte Chris, so, als nähere er sich einem Wachhund.

Der Gargoyle legte aufmerksam den Kopf schräg. Seine bernsteinfarbenen Augen blitzten schalkhaft.

»Bleib schön sitzen«, murmelte Chris, hauptsächlich, um sich selbst zu beruhigen. »Braver Kerl, ganz, ganz brav ...«

Nur noch ein guter Meter trennte ihn von dem grinsenden Wesen. Hinter dem Gargoyle bewegte sich etwas. Ein langer Eidechsenschwanz. Der Gargoyle wedelte damit wie ein Hund, dem man einen Knochen hinhielt.

Freute er sich, weil Chris ein so appetitlicher Happen war? Oder gefiel ihm der beruhigende Tonfall, in dem er zu ihm sprach?

Chris fasste den Lenker der Vespa mit beiden Händen und richtete den Roller langsam auf.

Vor und zurück wippte der Gargoyle. Vor und zurück.

Chris schluckte, als er vorsichtig ein Bein über den Sattel schwang. Dabei ließ er das Wesen nicht aus den Augen.

Unendlich sachte tasteten seine Finger nach dem Zündschlüssel.

Der Gargoyle zwinkerte ihm mit dem rechten Auge zu. Die Außenseite seines Lides war farbig gezeichnet, schillerte wie der Panzer eines Käfers im Sonnenlicht.

Was für sonderbare Wesen!, dachte Chris, teils fasziniert, teils angstvoll. Wo, zum Teufel, war Damiano nur auf sie gestoßen? Hatten sie schon zu Zeiten der Etrusker dort unten gehaust, vor mehr als zweitausend Jahren? Oder sogar noch früher?

Ihm war klar, dass er darauf keine Antwort finden würde. Manche Wunder musste man einfach als solche akzeptieren. Schluss, aus.

Er hielt die Luft an und drehte den Schlüssel herum. Der Motor tuckerte los. Chris duckte sich instinktiv im Sattel, um einem möglichen Angriff des Gargoyles auszuweichen.

Doch die Kreatur dachte gar nicht daran, Chris zu attackieren. Sie zuckte beim Geräusch des Motors erschrocken zusammen, nahm aber dann wieder ihr zermürbendes Wippen auf.

Er hat Angst, dachte Chris überrascht. Er will es nicht zeigen, aber er fürchtet sich vor dem Lärm.

Dann tat Chris etwas, das er selbst nicht recht verstand. Es war wie ein Instinkt, etwas, das er einfach tun musste.

Er löste die Hände vom Lenker und streckte beide Zeigefinger aus. Dann steckte er sie sich ganz langsam in die Ohren, so, dass der Gargoyle genau dabei zusehen konnte. Er kam sich dabei ziemlich verrückt vor.

Die Kreatur stieß ein leises Gackern aus und grinste wieder. Ihre langen Klauenhände hatten bisher ineinander verschlungen im Schoß gelegen. Jetzt aber hob sie sie hoch und betrachtete neugierig ihre Zeigefinger.

Die Krallen waren kurz genagt. Noch einmal schaute der Gargoyle Chris an, gackerte erneut, dann schob er sich die Finger in die spitzen Teufelsohren. Ja, tatsächlich, er ahmte Chris nach!

Chris zwang sich zu einem Lächeln und nickte. »Richtig so«, sagte er leise. »Du machst das ganz toll.«

Der Gargoyle sah ihn aus großen Augen an. Er war offenbar völlig irritiert, dass er den Motorenlärm nicht mehr hören konnte. Mit einem kurzen Plopp zog er die Finger wieder heraus und schüttelte sich erschrocken, als der Krach erneut an seine Ohren drang. Geschwind steckte er die Finger zurück. Ein Ausdruck von Zufriedenheit legte sich über das hagere Teufelsgesicht.

Chris nahm seine Hände langsam herunter und packte den Lenker. Hielt die Luft an. Drehte am Gas.

Jaulend schoss die Vespa vor, in einem Bogen um den sitzenden Gargoyle herum und auf der anderen Seite in die Mündung des nächsten Korridors. Einmal noch schaute Chris sich um und sah, dass das bizarre Wesen immer noch dasaß, ihm den Rücken zuwandte und wippte, die Finger tief in den Ohren vergraben.

Der Anblick stimmte Chris traurig. Nicht alle diese Kreaturen waren auf Mord und Zerstörung aus. Dass man sie dennoch eingekerkert hatte, erschien ihm ungerecht und gemein.

Ohne auf weitere Hindernisse zu stoßen, bog er in den Ostflügel und hielt vor den Türen der Forscherunterkünfte. Er ließ den Motor laufen, sprang vom Sattel und stürmte in Doktor Richardsons Zimmer.

Das Rollo vor dem neu verglasten Fenster war als Schutz gegen die Sonne herabgezogen worden – es war gelb, und der Professor hatte schon bei ihrer Ankunft gescherzt, dass Doktor Richardson gewiss nur deshalb ausgerechnet dieses Zimmer für sich ausgewählt hatte. Jetzt erfüllte der Schimmer, der durch den Filzstoff fiel, den Raum mit einem ungesunden Zwielicht. Chris' Haut sah aus, als hätte er Gelbsucht.

Unter dem Fenster stand ein Schreibtisch, daneben türmte sich auf dem Boden ein hoher Stapel Aktenordner. Ein offener Koffer mit schmutziger Wäsche befand sich mit allerlei anderem Kleinkram – einem Kosmetikkoffer, einem Reisebügeleisen und einer Waschmitteltube – neben dem zerwühlten Bett.

Auf dem Schreibtisch lag ein aufgeschlagenes Buch in lateinischer Sprache, augenscheinlich eine wertvolle Handschrift, die Doktor Richardson in keiner Bibliothek der Welt hätte ausleihen können – zumindest nicht auf legalem Wege. Daneben entdeckte Chris einen Block, auf dem die Amerikanerin anscheinend Passagen aus dem Buch ins Englische übertragen hatte. Er erinnerte sich an Kyras Worte, rollte den Block zusammen und steckte ihn sich in den Hosenbund.

Die Fernbedienung! Wo steckte das blöde Ding nur?

Chris blickte aufmerksam durchs Zimmer, dann wieder hinüber zum Fenster – und erstarrte schlagartig.

Auf dem herabgezogenen Rollo war ein riesenhafter Umriss erschienen.

Chris wagte kaum mehr zu atmen, wurde mucksmäuschenstill. Dann aber fiel ihm die Vespa ein. Das Wummern des Motors musste dort draußen deutlich zu hören sein.

Inmitten der schwarzen Silhouette glühte ein Augenpaar, so hell, dass es sich sogar auf dem Rollo abzeichnete. Aus den Schultern des Wesens wuchsen zwei mächtige Hörner, zwei weitere ragten aus seinem Schädel.

Ob die Glutaugen ihn durch den Filzstoff hindurch sehen konnten? Chris lief ein Schauder über den Rücken, seine Knie begannen zu zittern.

Unendlich langsam löste er seinen Blick von dem Umriss und suchte weiter.

Da – die Fernbedienung lag am Boden neben dem Bett, zwischen aufgeschlagenen Büchern, benutzten Papiertaschentüchern und einer braunen Bananenschale.

Sachte machte er einen Schritt darauf zu, dann noch einen. Schließlich bückte er sich vorsichtig nach vorne und hob das handtellergroße Gerät vom Boden. Hoffentlich waren die Batterien nicht leer.

Der Schatten vor dem Fenster war größer geworden. Zugleich schrumpften die Augen zu immer helleren Lichtpunkten zusammen, konzentrierten sich mehr und mehr wie die Mündung eines Laserskalpells.

Er kann mich sehen, schoss es Chris durch den Kopf. Er kann mich, verdammt noch mal, sehen!

Panisch schaute er sich nach etwas um, das er als

Waffe benutzen konnte. Wahrscheinlich ein aussichtsloser Versuch, angesichts eines solchen Gegners. Aber er würde sich nicht ohne Gegenwehr geschlagen geben. Niemals!

An der Wand lehnte etwas, das er für ein mittelalterliches Trinkhorn hielt. Es war etwas länger als Chris' Arm, zu einem Halbkreis gebogen und lief an einer Seite spitz aus.

Ob es stabil genug war, um es als Knüppel zu benutzen, wusste Chris nicht, aber er musste es zumindest versuchen. Besser, als einer dieser Bestien mit bloßen Händen gegenüberzutreten.

Bestien? Blitzartig erinnerte er sich wieder an den Gargoyle im Treppenhaus. Vielleicht war ihm das Wesen dort draußen vor dem Fenster ja ebenso friedlich gesonnen.

Aber darauf wollte er es lieber nicht ankommen lassen.

Eilig schlich er aus dem Zimmer, steckte die Fernbedienung in die Hosentasche und schob das Horn unter seinen Gürtel wie ein Krummschwert.

Ein letztes tiefes Durchatmen, dann raste er los.

Diesmal entschloss er sich, nicht den Weg durch das Gemäuer zu nehmen. Stattdessen suchte er den nächstbesten Ausgang zur Außenseite des Klosters. Auf dem Grasstreifen zwischen Mauer und Parkdickicht würde er freie Bahn haben – vorausgesetzt, niemand vertrat ihm den Weg.

Immer wieder blickte er während der Fahrt nach

hinten, doch der Gargoyle mit den leuchtenden Augen zeigte sich nicht.

Als Chris nach bangen Minuten endlich die Stelle erreichte, an der er die anderen zurückgelassen hatte, erwartete ihn der nächste Schock.

Seine Freunde waren verschwunden.

Flucht durch den Park

"Chris!«

Kyras Stimme drang aus dem Unterholz, einige Meter entfernt.

Chris atmete erleichtert auf. »Was macht ihr denn da?«

»Sei um Himmels willen still!«, zischte Kyra zurück. Noch immer zeigte sie sich nicht. Auch die beiden Geschwister blieben hinter einer Blätterwand verborgen.

»Aber – «, begann Chris, doch Kyra unterbrach ihn erneut:

»Komm her. Beeil dich. Und schau dich ja nicht um!«

Furcht durchfuhr ihn wie ein Pfeil aus purem Eis. Nicht umschauen? Aber was war denn hinter ihm, das er nicht sehen sollte?

Er sprang von der Vespa und schaute zum Dickicht hinüber.

»Schneller!«, flüsterte Kyra.

Chris hielt es nicht länger aus. Mit rasendem Herzschlag und angehaltenem Atem blickte er nach hinten.

Der Grasstreifen zwischen ihm und der Klostermauer war leer. Auch im Tortunnel war niemand zu sehen.

Chris blieb stehen und grinste unsicher. »Ihr wollt mir doch nicht nur einen Schrecken einjagen, oder?«

Kyras Gesicht erschien zwischen den Zweigen. Sie sah nicht aus, als wäre sie zu Scherzen aufgelegt. Angstschweiß glänzte auf ihrer Stirn.

»Wenn du unbedingt willst, dann guck nach oben.«

Chris folgte unsicher ihrem Blick an der Fassade hinauf. Hinter den leeren Fenstern herrschte Finsternis. Nirgendwo war etwas Ungewöhnliches zu entdecken.

»Auf dem Dach«, wisperte Kyra.

Und dann sah Chris, was sie meinte.

Hoch auf dem Dachfirst, aufgereiht wie ein Vogelschwarm, kauerten dreizehn Gargoyles. Aus glitzernden Augen blickten sie auf Chris herab. Einige trommelten mit ihren langen Krallenfingern auf die Dachziegel, andere ringelten ihre Reptilienschwänze über die Schräge wie Riesenschlangen. Keines der Monster sah aus wie das andere, auch wenn sie sich in manchen Merkmalen ähnelten. Einige hatten Hörner, andere nicht. Chris sah mehrere, über deren Schultern verkümmerte Flügel aufragten. Gemeinsam war allen, dass ihre Körper unbehaart waren, von vereinzelten Fellbüscheln abgesehen. Auch ihre Gesichter unterschieden sich: Von verzerrten Leguanschädeln bis zu grotesken Dämonenfratzen war alles vertreten.

Chris stand da wie angewurzelt.

»Ich hab ja gesagt, du sollst dich nicht umdrehen«,

flüsterte Kyra scharf hinter seinem Rücken. »Aber, nein, der Herr kann ja wieder mal nicht auf das hören, was eine Frau sagt.«

Chris schluckte und brachte keinen Ton heraus. Die Gargoyles mussten vom Innenhof aus an der Fassade hinaufgeklettert sein. Und ebenso schnell – oder schneller! – würden sie auf dieser Seite wieder herunterkommen.

Rückwärts ging er auf das Versteck der anderen zu. Eigentlich war es gar kein richtiges Versteck mehr, denn die Gargoyles schauten genau zu, wohin er sich zurückzog; er führte sie geradewegs zu seinen Freunden. Im Augenblick jedoch saß ihm der Schreck viel zu tief in den Knochen, um sich auf eigene Faust davonzumachen. Einer dieser Kreaturen konnte er vielleicht entkommen – aber dreizehn?

Keine Chance.

»Warum greifen die nicht an?«, flüsterte Nils im Gebüsch.

Das war in der Tat die große Frage. Die Begegnung mit dem Gargoyle im Treppenhaus hatte Chris verunsichert. Andererseits hatten jene Wesen, die am Zaun zugrunde gegangen waren, eindeutig feindliche Absichten gehabt. Er erreichte eine Stelle, an der die Büsche so eng standen, dass er die Gargoyles aus den Augen verlor. Wenn sie jetzt mit dem Abstieg begannen, würde er es nicht einmal bemerken.

»Wir müssen von hier verschwinden«, flüsterte er, als er sich zu den anderen umdrehte.

Kyra nickte und wandte sich nach Westen. In dieser Richtung lagen der Zaun und das Tor.

»Hast du die Fernbedienung?«, wandte Lisa sich besorgt an Chris, während sie und die beiden Jungen Kyra nachgingen.

Chris zog das Gerät hervor und präsentierte es den anderen. »Damit müssten wir es schaffen.« Er sah Kyra an. »Was meinst du?«

Sie seufzte und blieb stehen. »Ich bin nicht sicher, ob wir wirklich einfach abhauen sollten.« Sie wandte den anderen den Rücken zu, um nicht durch den Schrecken auf ihren Gesichtern von ihrem Entschluss abgebracht zu werden – denn einen Entschluss hatte sie gefasst. Und sie wusste, dass er ihren Freunden nicht gefallen würde.

»Wie bitte?«, entfuhr es Nils perplex.

»Wir sollen ... hierbleiben?«, fragte Lisa. Sie und ihr Bruder waren selten einer Meinung, doch in diesem Fall gab es keine Zweifel an ihrer Übereinstimmung.

Sogar Chris meinte: »Glaubst du, ich bin aus Spaß in Doktor Richardsons Raum gewesen?«

Kyra atmete tief durch, dann drehte sie sich zu ihren Freunden um. »Wir sind die Träger der Sieben Siegel. Wir haben die Dinger nicht bekommen, damit sie uns sagen, wann wir weglaufen sollen – sondern damit wir wissen, dass wir etwas unternehmen müssen.«

»Kyra«, sagte Lisa mahnend, »deine Mutter war eine Hexe. Sie war erwachsen. Sie wusste, wie sie mit alldem umzugehen hatte. *Wir* wissen das nicht, schon vergessen?«

Kyra tat, als hätte sie Lisas Einwand gar nicht gehört. Stattdessen wandte sie sich entschlossen an Chris. »Hast du in Doktor Richardsons Raum noch irgendwas anderes Brauchbares gefunden?«

»Außer der Fernbedienung?« Er deutete mit schiefem Grinsen auf das lange Horn in seinem Gürtel. »Willst du die Viecher damit vielleicht zurück in ihre Kerker knüppeln?«

Kyra lachte nicht.

Sie trat auf Chris zu und zog das Horn aus seinem Gürtel. »Ich darf doch, oder?«

»Es gehört dir, wenn du willst.«

Sie betrachtete das Horn von allen Seiten.

Nils schaute nervös nach hinten. »Die Gargoyles können jeden Moment hier auftauchen und du machst Wirbel um irgendein olles Trinkhorn ...«

»Das hier ist kein Trinkhorn«, stellte Kyra fest. »Es ist an beiden Seiten offen. Scheint 'ne Art Trompete zu sein.«

»Klasse, lass uns Musik machen«, gab Nils vergrätzt zurück. »Bei unserem Talent werden die Monster von ganz allein zu Staub zerfallen.«

Kyra wog das seltsame Horn in der Hand. »Ich spüre irgendwas«, murmelte sie.

»Angst«, schlug Nils trocken vor. »Die spür ich auch. Jede Menge sogar. Deshalb würde ich sagen, wir sollten schleunigst –«

»Was hast du noch gefunden?«, fragte Kyra, immer noch an Chris gewandt.

»Das hier.« Er zog den Schreibblock aus dem Hosenbund. »Doktor Richardson hat Textstellen aus irgendeinem lateinischen Buch übersetzt.«

Kyra bekam leuchtende Augen – und die anderen wussten, was das bedeutete. Kyra hatte Blut geleckt.

»Zeig her«, bat sie aufgeregt.

Chris reichte ihr den Block und Kyra überflog die obere Seite. »Hm«, meinte sie stirnrunzelnd. »Ist auf Englisch.«

Chris grinste. »Doktor Richardson ist ... war Amerikanerin. Natürlich ist es auf Englisch.«

Kyras Schulkenntnisse reichten nicht aus, um die handgeschriebenen Zeilen zu übersetzen. Sie reichte sie zurück an Chris. »Lies du's«, sagte sie.

Chris war im Ausland aufgewachsen, bevor sein Vater sich aus der Diplomatie zurückgezogen und ein Haus in Giebelstein gekauft hatte. Er hatte in einem halben Dutzend Ländern gelebt und war dort zur Schule gegangen. Er sprach fließend Englisch, Französisch, Spanisch, außerdem ein bisschen Italienisch und Griechisch – allerhand für einen Jungen in seinem Alter.

»Gib her«, sagte er und begann, die Seiten zu überfliegen.

Nils trat unglücklich von einem Fuß auf den anderen. »Würde es euch was ausmachen, dabei vielleicht weiterzugehen? Irgendwann wird denen auf dem Dach langweilig werden. Ganz bestimmt sogar.«

Kyra schenkte ihm einen vernichtenden Blick, aber Lisa kam ihrem Bruder zu Hilfe. »Vielleicht könnten wir erst mal nach draußen ... durch's Tor, meine ich ... Danach können wir immer noch überlegen, ob es einen Weg gibt, etwas gegen die Gargoyles zu unternehmen.«

»Klingt vernünftig«, sagte Nils.

Auch Chris blickte von dem Block auf und nickte. »Sehe ich genauso.«

Kyra war überstimmt und das ärgerte sie. In Augenblicken, in denen das Vermächtnis ihrer Mutter in ihr die Oberhand gewann, konnte sie es nicht ertragen davonzulaufen. Es war, als zögen sie und die Kreaturen der Hölle sich an wie Magneten.

»Wie ihr wollt«, sagte sie widerstrebend und griff nach der Fernbedienung. »Aber die nehme ich.«

Die anderen wechselten verwunderte Blicke. Manchmal konnte Kyra verdammt seltsam sein.

Hastig machten sie sich auf den Weg. Kyra steckte sich die Fernbedienung in die Tasche und trug das Horn in beiden Händen. Sie lief voran, die anderen folgten ihr.

Chris versuchte im Laufen, Doktor Richardsons Handschrift zu entziffern. Eigentlich war das Lisas Spezialität, aber selbst wenn sie die Worte hätte lesen können, hätte ihr die fremde Sprache arge Probleme bereitet. Zwei Jahre Schulenglisch waren einfach noch nicht genug für solch eine Aufgabe.

Sie waren etwa fünf Minuten unterwegs, quer durch das Dickicht, als Chris plötzlich stehen blieb.

»Was ist?«, fragte Kyra.

»Du hattest recht«, sagte er. »Es ist das Horn.«

»*Was* ist das Horn?«, wollte Nils wissen und verdrehte die Augen.

»Die Lösung. Na ja, wenigstens ein Teil davon.«

Nils drängelte sich an ihm vorbei. »Erst mal hauen wir ab, so war's abgemacht. Komm, Lisa.«

Seine Schwester seufzte und knuffte Chris in die Seite. »Du kannst uns das später erklären. Komm jetzt mit. Und du auch, Kyra.«

Kyra brannte vor Neugier auf Chris' Entdeckung, aber sie dachte auch an ihren Vater, der verletzt im Unterholz auf sie wartete und wahrscheinlich halb wahnsinnig war vor Sorge um sie. Erst mussten sie ihn vom Klostergelände herunterschaffen, dann würden sie weitersehen.

Bald darauf überquerten sie den Weg und fanden Professor Rabenson unverändert am Fuß des steinernen Wasserspeiers. Er hatte vor Freude Tränen in den Augen, als er seine Tochter und die drei anderen wiedersah.

Chris und Nils halfen ihm beim Laufen. Gemeinsam eilten sie zum Tor. Schon im Näherkommen drückte Kyra auf den Knopf der Fernbedienung. Diesmal ließen die Batterien sie nicht im Stich. Das Tor schob sich langsam zur Seite.

Sie stürmten in weitem Abstand an dem zerstörten Jeep und den leblosen Kadavern der vier Gargoyles vorüber. Keiner schaute länger hin als unbedingt nötig.

Es roch jetzt, als seien bei einem Grillfest die Würstchen angebrannt.

Das Tor hatte sich erst zur Hälfte geöffnet, als sie hindurchliefen. Kaum auf der anderen Seite, presste Kyra zum zweiten Mal den Knopf. Erschöpft kamen sie alle zur Ruhe und sahen zu, wie sich das Tor wieder schloss.

Jeder fürchtete, im letzten Moment könnten doch noch Gargoyles aus den Büschen springen und sich durch den Spalt in die Außenwelt zwängen.

Doch nichts dergleichen geschah. Es sah fast so aus, als hätten sie zur Abwechslung einmal einen Sieg errungen.

Kyra konnte sich nicht länger zurückhalten. »Also«, sagte sie voller Ungeduld und deutete auf den Block in Chris' Händen. »Was, zum Teufel, steht da?«

Er löste seine schweißnassen Hände von dem Papier und schaute mit unsicherer Miene von einem zum anderen.

»Ihr werdet es ja doch nicht glauben«, sagte er leise.

Monstermusik

Chris atmete tief durch. »Ihr kennt doch die Geschichte vom Rattenfänger von Hameln, oder?«

Kyra wurde immer unruhiger. »Was hat das mit – «

»Wart's ab«, entgegnete Chris. »Der Rattenfänger zog mit seiner Flöte durch die Stadt, und sobald die Ratten seine Musik hörten, mussten sie ihm folgen. So eine Art innerer Zwang, ungefähr, als ob man plötzlich tierischen Hunger kriegt und den ganzen Kühlschrank leer isst.«

»Oder nachts aufs Klo muss«, bemerkte Nils mit gerunzelter Stirn.

»Sehr passend«, sagte Lisa mit strafendem Blick. »Wirklich sehr, sehr passend.«

»Wie auch immer«, fuhr Chris fort. »Auf jeden Fall zwang der Klang der Flöte die Ratten, dem Fänger zu folgen. Und genauso ist es mit den Gargoyles.« Er warf einen weiteren Blick auf den Block und blätterte fahrig zwischen einigen Seiten hin und her. »Hier steht's. Wer auf dem Horn spielt, hat Gewalt über die Gargoyles.«

Professor Rabenson nickte nachdenklich. »Ich hab mich schon die ganze Zeit gefragt, wie Damiano diese Geschöpfe unter Kontrolle hatte. Wie führte er sie aus dem Kerker in seine Werkstatt? Und wie hat er sie überhaupt dazu gebracht, sich einsperren zu lassen? Jetzt kennen wir die Antwort.«

Kyra wiegte das Horn ehrfurchtsvoll in den Händen. »Steht irgendwas in den Unterlagen, woher das Ding stammt?«

Chris hob die Schultern. »Nur ein paar Stichworte. Damiano ist wohl in einem verschütteten Etruskertempel darauf gestoßen – und auf ein Tor, das in die unterirdischen Katakomben führte, in denen die Gargoyles ihr Lager hatten. Für die alten Etrusker müssen sie wohl so was wie Götter gewesen sein, denen sie Opfer darbrachten.«

»Menschenopfer«, murmelte Nils fasziniert.

»Höchstwahrscheinlich. Dann, als die Kultur der Etrusker unterging, gerieten Tempel und Gargoyles in Vergessenheit. Der Eingang zu den Katakomben wurde verschüttet und erst Damiano stieß wieder darauf. Er ließ am selben Ort dieses Kloster errichten und einen Teil der Keller zum Kerker ausbauen.«

»Moment mal«, warf Lisa ein, »soll das heißen, die Gargoyles haben schon von Natur aus unterirdisch gelebt? Es macht ihnen also gar nichts aus?«

»Solange sie sich dort unten frei bewegen können, sind sie wohl recht zufrieden. Wer weiß, wie groß diese Katakomben wirklich sind. Wahrscheinlich haben wir nur einen Bruchteil davon gesehen.«

»Warum bleiben sie dann nicht unten?«, fragte Nils.

»Sind sie doch«, erwiderte Chris überzeugt. »Die meisten zumindest. Sonst würde es hier längst von ihnen wimmeln.«

»Und die auf dem Dach?«, fragte Lisa.

»Vielleicht ein paar besonders mutige Exemplare. Genauso wie die, die uns verfolgt haben – wobei es bei denen wahrscheinlich eher Aggression als Mut war.«

Nils schnaubte abfällig. »Mit anderen Worten: Die Gargoyles sind arme, missverstandene Kreaturen, denen übel mitgespielt wurde.«

Chris lächelte. »So ungefähr. Was sie leider nicht daran hindern wird, uns in Stücke zu reißen. Die meisten von denen sind Raubtiere.«

»Keine Dämonen?«, fragte Kyra und klang ein wenig enttäuscht.

»*Und* Dämonen«, sagte Chris. »Laut Damianos Aufzeichnungen – denn darum handelt es sich wohl bei dem lateinischen Buch – hatte Satan persönlich seine Hände im Spiel, als diese Spezies entstand.«

»So was haben die Leute früher schnell behauptet«, meinte Lisa. »Darauf kann man nichts geben.«

»Immerhin sind die Siegel sichtbar geworden«, erinnerte Nils sie.

»Okay«, beendete Kyra die Diskussion. »Wir machen's so: Ihr öffnet von außen das Tor, ich gehe mit dem Horn rein und locke sie wieder runter in den Kerker.«

Sie setzte das Horn an die Lippen. Mit vollen Backen blies sie hinein – aber kein Ton drang aus der Öffnung.

Hustend nahm sie das vorzeitliche Instrument wieder vom Mund.

»Es funktioniert nicht«, schimpfte sie.

Ihr Vater aber schüttelte den Kopf. »Du hast nur nicht genug Kraft. Das ist wie bei einer Trompete. Man muss lange üben, bis man einen vernünftigen Ton herausbekommt.«

Chris nahm das Horn aus Kyras Händen und blies ins Mundstück. Seine Gesicht lief hochrot an, und seine Wangen sahen aus, als müssten sie jeden Augenblick platzen. Doch auch er scheiterte.

Keuchend setzte er das Horn wieder ab. »Das hat keinen Sinn«, sagte er atemlos.

Lisa druckste herum. »Ich kann's gern versuchen, aber ich glaube nicht, dass – « Ihr Bruder unterbrach sie. »Gebt schon her«, sagte er missmutig.

Chris schaute ihn zweifelnd an. »Wieso solltest du – «

»Weil ich als Kind mal ein paar Stunden Posaunenunterricht hatte.« Verlegen hob er die Schultern. »Na ja, unsere Eltern wollten das unbedingt.«

»Stimmt«, platzte Lisa heraus. »Und ich sollte Akkordeon lernen. War ziemlich schwierig, denen diesen Quatsch wieder auszureden.«

Nils holte tief Luft und setzte das Horn an die Lippen.

Ein tiefer, nicht einmal unmelodiöser Klang ertönte.

Nur Sekunden vergingen, dann raschelte es im Dickicht jenseits des Zauns. Ein gutes Dutzend Gargoyles sprang zwischen den Macchiabüschen und Zypressen hervor. Allerdings kam keiner bis an den tödlichen Zaun heran – so viel hatten sie beim Anblick ihrer toten Artgenossen dazugelernt.

Nils nahm das Instrument wieder vom Mund und blickte unsicher zu Kyra hinüber. Er nickte langsam. »Alles klar, ich weiß schon ...«

Kyra schenkte ihm ein breites Lächeln. »Sieht so aus, als hätte das Horn seine Wahl getroffen.«

»Da ist noch was«, sagte Professor Rabenson, als die Kinder bereits mit der Diskussion begannen, wer Nils begleiten würde.

Alle sahen ihn fragend an.

»Eines habt ihr vergessen«, meinte der Professor. »Die Bodenplatte im Mosaik reicht nicht aus, um die Gargoyles im Keller festzuhalten.«

Chris nickte. »Die ist ohnehin hinüber. Einer der Gargoyles hat sie in Stücke geschlagen.«

»Wie also wollt ihr den Keller verschließen? Oder wollt ihr die Gargoyles wieder in ihre Einzelzellen sperren?«

»Auf gar keinen Fall«, ereiferte sich Lisa, die mit einem Mal ihr Mitgefühl für die Kreaturen entdeckt hatte.

Kyra verzog grübelnd das Gesicht. »So ein Mist.«

Ihr Vater grinste triumphierend. »Es gibt eine Lösung für das Problem.«

»Und die wäre?«, wollte Nils wissen. Seine Fingerspitzen trommelten nervös auf dem Horn.

»Nicht umsonst habe ich tagelang die Ruinen untersucht«, sagte der Professor. »Ihr wisst ja, dass es mir vor allem um die Kapelle ging. Und den Mechanismus, der sie zum Einsturz bringt.«

»Zum Einsturz?«, entfuhr es den vier Freunden im Chor.

»Jawohl. Überrascht euch das? Die meisten mittelalterlichen Kathedralen und Kirchen verfügen über einen solchen Mechanismus. Ein bestimmter Stein, den man aus dem Mauerwerk ziehen muss. Ein Rad, das gedreht wird. Oder ein Seilzug unter dem Dach, der in Bewegung gesetzt werden muss. Es gab verschiedene Wege, dies zu bewerkstelligen, aber alle dienten nur einem Ziel: das Bauwerk mit einem einzigen Handgriff zu zerstören.«

»Aber welchen Sinn sollte das haben?«, fragte Lisa.

»Im Mittelalter«, erklärte der Professor, »fürchteten die Menschen jederzeit Angriffe der Heiden, als Vergeltung für die Kreuzzüge. Die Türken sind immerhin bis nach Wien gekommen. Damit ihnen die Heiligtümer der Christenheit nicht in die Hände fielen, ersannen die Baumeister einen Weg, ihnen die Kirchenschätze vorzuenthalten. Lieber wollte man die Gebäude eigenhändig zum Einsturz bringen und die kostbaren Reliquien unter Tonnen von Stein begraben, als sie von den Feinden schänden zu lassen. Tja, das waren wüste Zeiten, damals.«

»Aber warum sollte eine so kleine Kapelle wie die von San Cosimo einen solchen Mechanismus besitzen?«, fragte Chris.

»Siehst du, genau das habe ich mich auch gefragt«, entgegnete der Professor. »Bis wir auf die Gargoyles stießen. Damit war alles klar. Der Mechanismus wurde für einen Fall wie diesen geschaffen. Für einen möglichen Ausbruch, um die Katakomben zu verschließen.«

Kyra hob beide Augenbrauen. »Und du weißt, wo dieser Mechanismus zu finden ist?«

Ihr Vater nickte ernsthaft. »Ich würde mitkommen, aber mein Knie ...«

»Erklär's mir«, bat Kyra voller Ungeduld.

Und das tat der Professor, verbunden mit der Mahnung, die Kapelle sofort zu verlassen, wenn der Einsturzmechanismus in Gang gebracht war.

»Gut«, sagte Kyra schließlich. »Das übernehme ich.«

»Ich komme auch mit«, verkündete Chris. »Du kannst den Mechanismus suchen, während ich mit Nils in die Katakomben steige.«

Lisa seufzte. »Glaubt ihr vielleicht, ich sitze hier einfach rum und warte auf euch?«

Keine zwei Minuten später brachen sie auf.

Zu viert.

Chris behielt recht. So lange Nils in das Horn blies und ihm dumpfe, fremdartige Laute entlockte, folgten ihnen die Gargoyles wie ein Rudel Schoßhunde.

Schon als das Schiebetor einen Spalt weit aufglitt, bildeten die Gargoyles auf der Innenseite ehrfurchtsvoll einen Halbkreis. Die Blicke ihrer Reptilienaugen waren starr auf Nils und das Horn gerichtet, keiner kümmerte sich um die drei anderen.

Als die Freunde den Tortunnel erreichten, hatten sie mehr als zwanzig Gargoyles im Schlepptau, die ihnen wie eine groteske Prozession nachliefen, nachsprangen, nachtanzten. Immer noch kamen neue hinzu, die plötzlich aus dem Dickicht brachen und sich den anderen anschlossen.

Kyra fürchtete die Dunkelheit des Tunnels, und sie spürte, dass es ihren Freunden ebenso erging. Hier waren die Gargoyles in ihrem Element, und hier würde sich zeigen, ob das Horn sie tatsächlich zu bändigen vermochte.

Doch nichts Bedrohliches geschah. Es gab keine Zwischenfälle, keine plötzlichen Attacken. Die engen Steinwände warfen die Laute des Horns zurück, verstärkten sie um ein Vielfaches. Weitere Gargoyles kamen hinzu, von außen, aber auch vom Innenhof.

Und so zogen sie vorwärts, quer über den Hof und zum Eingang der verfallenen Kapelle.

Sie hatten den steinernen Bogen fast erreicht, als ihnen jemand entgegentrat – ein Gargoyle, größer als alle anderen. Mit Hörnern, die nicht nur aus seinem Kopf, sondern auch aus seinen Schultern ragten. Mit Klauen, so groß wie Baggerschaufeln, und Augen, in denen ein verzehrendes Feuer glühte.

Chris erkannte ihn sofort wieder. Es war das Wesen, das sich als Schatten auf dem Rollo in Doktor Richardsons Zimmer abgezeichnet hatte. Hätte er den Gargoyle dort schon so deutlich vor sich gesehen wie jetzt, wer weiß, ob ihn dann die Panik nicht einfach gelähmt hätte. Selbst jetzt, im Schutz der Hornklänge, wurde ihm schlecht vor Angst.

Die übrigen Kreaturen buckelten unterwürfig, als der große Gargoyle unter den Torbogen trat. Nicht einmal das magische Horn, das sie in seinem Bann hielt, konnte ihre Angst und Ehrfurcht mildern.

»Er ist ihr Rudelführer«, flüsterte Chris zu Kyra hinüber, die neben ihm ging.

»Glaubst du, das Horn wirkt nicht bei ihm?«, erwiderte sie leise.

Auch Nils hatte den großen Gargoyle bemerkt. Sein Spiel stockte einige Herzschläge lang, dann überwand er tapfer seine Furcht. Mit entschlossenen Schritten ging er weiter auf das Kapellentor zu, hinter sich seine drei Freunde und die demütige Schar der Gargoyles.

Lisa zitterte am ganzen Leib. »Es funktioniert nicht.«, zischte sie. »Verdammter Mist, es funktioniert nicht …«

Die Augen des großen Gargoyles glühten noch heller, erstrahlten in weißer Glut.

»Diese Augen«, murmelte Kyra in Gedanken versunken. »Irgendetwas ist damit. Sie ziehen einen irgendwie an, als ob – »

»Hypnose«, fiel Lisa ihr ins Wort. »Ich kann's spüren. Schaut nicht hin.« Lauter rief sie ihrem Bruder zu: »Nils, nicht in die Augen sehen!«

»Mein Gott«, entfuhr es Kyra plötzlich.

»Was ist los?«, fragte Chris alarmiert.

»Er war es, der Doktor Richardson getötet hat«, sagte Kyra. »Sie hat in seine Zelle geschaut. Und in seine Augen. Er hat sie hypnotisiert. Nur deshalb hat sie das Gitter aufgeschlossen. Sie hätte das doch sonst niemals getan, ganz bestimmt nicht ohne das Horn, das ja immer noch in ihrem Zimmer lag.«

Noch fünf Schritte bis zu dem großen Gargoyle. Wenn das Wesen jetzt ausholte und Nils das Horn aus den Händen schlug ...

Aber die riesenhafte Kreatur machte mit einem Mal einen Schritt nach hinten und gab den Weg frei. Nils nahm all seinen Mut zusammen und ging schnurstracks an ihm vorüber. Auch die anderen passierten ihn ohne sichtbares Zögern. Aus dem Augenwinkel sah Kyra, wie der große Gargoyle sich seinen Artgenossen anschloss und selbst zu einem Teil der tobenden Prozession wurde.

Weiter ging es, durch das Innere der Kapelle und die schmale Treppe hinunter in die Katakomben, durch das Loch im Boden in Damianos Werkstatt und von dort aus in den endlosen Kerkergang. Licht brauchten sie keines – die Glutaugen des großen Gargoyles erhellten die unterirdischen Stollen wie Scheinwerfer.

Im Kerker blieben Nils und die anderen unweit des Eingangs stehen, während die Gargoyles ausgelassen an ihnen vorübersprangen. Aus dem Dunkel des Korridors ertönte Knurren und Rascheln und im kalten Licht der Monsteraugen sahen sie wildes Getümmel, weit voraus im Korridor. Das mussten jene Gargoyles sein, die es vorgezogen hatten, in ihrer vertrauten Umgebung zu bleiben.

Endlich, als alle im Korridor versammelt waren, zogen sich die Freunde zurück.

Kyra rannte voraus, durch die finstere Werkstatt und hinauf in die Kapelle. Sie fand den Mechanismus, den ihr Vater ihr beschrieben hatte, auf Anhieb: Es handelte sich um einen runden Stein, der dort in den Boden eingelassen war, wo einst der Altar gestanden hatte. Mithilfe zweier Eisenringe konnte man ihn um fünfundvierzig Grad nach links drehen. Damit war die Zerstörung der Kapelle in Gang gesetzt.

Irgendwo, verborgen in Mauern und staubigen Schächten, setzten sich jetzt uralte Zahnräder in Gang. Sandsäcke rasselten an Seilen auf und nieder, schlugen gegen Hebel aus Ebenholz und brachten weitere Räder in Bewegung. Wie ein vorzeitliches Uhrwerk ratterte und klickte es in den Tiefen des Bauwerks. Nicht mehr lange, und alles würde zusammenbrechen.

Lisa kam als Nächste die Treppe heraufgesprungen, gefolgt von Chris. Zu dritt rannten sie zum Ausgang und warteten dort auf Nils.

»Wir haben die Tür der Werkstatt abgeschlossen«, sagte Chris atemlos zu Kyra. »Aber das wird sie nicht lange aufhalten. Nils wollte unbedingt noch einen Augenblick unten bleiben, um die Gargoyles hinter der Tür mit dem Horn zu beruhigen.«

»Er soll sich ja beeilen«, gab Kyra aufgeregt zurück.

»Seht nur, da!«, rief Lisa und zeigte zur Decke.

Sand und Steinsplitter rieselten von oben herab. Die Zerstörung der Kapelle nahm ihren Anfang.

»Wo bleibt er nur?«, murmelte Chris und biss sich nervös auf die Unterlippe.

Sandfontänen wuchsen wie Säulen von der Decke herab. Überall knirschte und ächzte das alte Gestein.

Nils sprang die Treppe herauf, das Horn fest mit beiden Händen umkrallt. Jetzt blies er nicht mehr hinein. Es war zu spät für solche Ablenkungsmanöver.

Seine Freunde jubelten, als er zu ihnen stieß, und zu viert rannten sie los, durch den überwucherten Innenhof zum Tortunnel.

Hinter ihnen ertönte ohrenbetäubendes Donnern und Bersten. Als sie noch einmal stehen blieben, sahen sie, wie das Dach der Kapelle ineinanderstürzte und die morschen Wände mitriss. Ein riesiger Pilz aus Staub und Schmutz schoss zum Himmel hinauf und Steinsplitter sausten den Freunden um die Ohren.

Innerhalb von Sekunden erinnerte nur noch ein haushoher Steinhaufen an die Kapelle des Klosters San Cosimo. Eine graue Wolke verdunkelte den Innenhof. Kyra und die anderen schnappten hustend nach Luft, dann liefen sie durch den Tunnel ins Freie.

Der Weg durch den Park schien sich vor ihnen zu dehnen und zu winden. Endlich erreichten sie das Tor. Professor Rabenson drückte außen auf den Knopf der Fernbedienung. Sofort schob sich das Stahlungetüm zur Seite.

Jubelnd sprangen sie hinaus, vor sich die Weite und Schönheit der toskanischen Landschaft, und Kyra ließ zu, dass ihr Vater sie glücklich umarmte.

Dann aber blickte der Professor mit einem Mal auf.

»Wo ist Chris?«, fragte er alarmiert.

Alle schauten sich ratlos um.

Chris war fort.

Die Ahnung kam ihm völlig unvermittelt, als er und die anderen aus dem Tortunnel stürzten. Als sie bald darauf an der Vespa vorbeiliefen, die immer noch am Rande des Dickichts stand, fasste er einen Entschluss.

Chris ließ sich zurückfallen, wartete, bis seine Freunde ein Stück weit entfernt waren, dann sprang er in den Sattel des Rollers und startete den Motor.

Mit Vollgas raste er über den Grasstreifen am Fuß der Klostermauern, bis er den schmalen Seiteneingang fand, den er schon einmal benutzt hatte.

Nur wenige Sekunden später brachte er die Vespa im Treppenhaus zum Stillstand.

Der Gargoyle saß da und blickte ihn aus großen, unschuldigen Augen an. Seine Zeigefinger steckten immer noch tief in seinen Ohren. Die Klänge des Horns waren nicht bis zu ihm vorgedrungen.

Chris stieg ab und trat auf das Wesen zu. Er hatte jetzt keine Angst mehr.

Ganz sachte legte er seine Hände auf die des Gargoyles. Vorsichtig gab er ihm zu verstehen, dass er die Finger jetzt herunternehmen sollte.

Der Gargoyle gehorchte und grinste wieder. Er schien in Chris eine Art Spielgefährten zu sehen. Einen Freund.

Chris konnte nicht anders – er umarmte das Wesen. Er murmelte ein paar Worte zum Abschied, dann trat er zurück. Mit ausgestrecktem Arm zeigte er auf den Weg, den er gekommen war.

»Das ist die Richtung, in die du gehen musst. Bis zu einem Tor. Dahinter liegt die Welt. Auch deine.«

Er wusste nicht, ob der Gargoyle die Worte verstehen konnte. Wahrscheinlich nicht. Aber er würde den zutraulichen Tonfall erkennen.

Chris ließ die Vespa stehen und ging zu Fuß davon. Noch einmal schaute er zurück und sah, dass der Gargoyle schnüffelnd seinen Spuren folgte.

Chris lief schneller, um vor dem Wesen am Tor zu sein.

Draußen bestürmten ihn die Freunde mit Fragen, aber er verriet ihnen nichts von seinem Geheimnis.

Stattdessen ließ er sich von Kyra die Fernbedienung geben und schleuderte das Gerät mit weitem Schwung über den Zaun ins Parkdickicht. Das Tor stand immer noch offen.

»Warum hast du das getan?«, fragte Kyra überrascht.

»Es ist falsch, diesen Ort zu verstecken«, sagte er überzeugt. »Er gehört allen, nicht nur ein paar Forschern.« Mit Blick auf Kyras Vater fügte er lächelnd hinzu: »Tut mir leid, Professor.«

Dann zog er die anderen mit sich. Zähneknirschend, zugleich aber endlos erleichtert folgten sie ihm auf den langen Fußmarsch nach Saturnia. Dort würden sie ein Auto mieten und entscheiden, was sie als Nächstes tun wollten.

Nur ein einziges Mal schaute Chris über die Schulter nach hinten.

Jenseits des Tors bewegte sich etwas. Ein gackerndes Lachen ertönte. Dankbar, vielleicht.

Dann bogen die Freunde um die nächste Hügelkehre.

Das Wesen aber, das hinter ihnen zum ersten Mal das Glück der Freiheit kostete, sah keiner jemals wieder.

„*Stephen King für Jugendliche!*" _{Daily Mail}

Anthony Horowitz
Todeskreis
3-7855-5809-0
288 S., gebunden, ab 13 Jahren

Panisch fährt Matt aus dem Schlaf hoch. Er hatte wieder denselben Traum, wie schon so oft: Drei Jungen und ein Mädchen rufen ihn verzweifelt um Hilfe. Oder wollen sie ihn warnen? Matt spürt, dass er keine Zeit mehr zu verlieren hat. Er muss fliehen – fort von seiner Pflegemutter und fort von der Farm, auf der sie ihn seit Tagen wie einen Gefangenen festhält. Denn Matt soll Teil einer dämonischen Verschwörung werden. Und jede Sekunde, die er länger auf der Farm bleibt, könnte seinen Tod bedeuten ...

Kai Meyer
Sieben Siegel –
Die Rückkehr des Hexenmeisters

128 Seiten ISBN-10: 3-570-21602-0
ISBN-13: 978-3-570-21602-6

Wer ist die mysteriöse Fremde, die einen fliegenden Monsterfisch in ihrer Handtasche trägt? Was will sie in der Kirche von St. Abakus? Die Wahrheit ist schrecklicher als Kyra es sich je hätte vorstellen können, denn sie ist unentrinnbar verknüpft mit ihrer eigenen Herkunft. Kyra und ihre Freunde geraten in Gefahr: Der Hexenmeister des Arkanum ist auferstanden …

www.omnibus-verlag.de

Kai Meyer
Sieben Siegel –
Der schwarze Storch

128 Seiten ISBN-10: 3-570-21603-9
ISBN-13: 978-3-570-21603-3

Sturmfreie Bude – Kyra, Lisa, Nils und Chris haben das elterliche Hotel Erkenhof ganz für sich alleine. Nicht ganz! Ist der riesige schwarze Storch im Ballsaal ein Alptraum oder real? Die sieben Siegel auf den Armen der Freunde zeigen es jedoch deutlich: Die Dämonen sind zurückgekehrt … Und es steht mehr auf dem Spiel als das Leben der Freunde.

www.omnibus-verlag.de